배우는 삶
배우의 삶

■ 이 도서의 국립중앙도서관 출판예정도서목록(CIP)은
서지정보유통지원시스템 홈페이지(http://seoji.nl.go.kr)와
국가자료공동목록시스템(http://www.nl.go.kr/kolisnet)에서 이용하실 수 있습니다.
(CIP제어번호: CIP2016024370)

배우는 삶
배우의 삶

배종옥

마음산책

배우는 삶
배우의 삶

1판 1쇄 인쇄 2016년 10월 15일
1판 1쇄 발행 2016년 10월 20일

지은이 | 배종옥
펴낸이 | 정은숙
펴낸곳 | 마음산책

편집 | 이승학·최해경·김예지·박선우   디자인 | 이혜진·이수연
마케팅 | 권혁준·김종민   경영지원 | 이현경

등록 | 2000년 7월 28일(제13-653호)
주소 | (우 04043) 서울시 마포구 잔다리로 3안길 20
전화 | 대표 362-1452 편집 362-1451   팩스 | 362-1455
홈페이지 | http://www.maumsan.com
블로그 | maumsanchaek.blog.me
트위터 | http://twitter.com/maumsanchaek
페이스북 | http://www.facebook.com/maumsanchaek
전자우편 | maum@maumsan.com

ISBN 978-89-6090-281-7 03810

* 책값은 뒤표지에 있습니다.

절대적 비율보다는
자연스러운 마음의 행로를 받아들이는 힘,
거기에는 비교도 나이도 없다.
그냥 나라는 한 존재가 있을 뿐이다.

진짜 쿨한 것

"내가 가르쳐줄까? 진짜 쿨한 게 뭔지. 진짜 쿨한 게 뭐냐면 진짜 쿨할 수 없다는 걸 아는 게 진짜 쿨한 거야. 좋아서 죽네 사네 했던 남자가 나 싫다고 하는데 오케이, 됐어, 한 방에 그러는 거 쿨한 거 아니다. 미친 거지. 뜨거운 피를 가진 사람이 언제나 쿨할 수 있을까? 절대 그럴 수 없다 본다 나는."

2006년 출연한 드라마 〈굿바이 솔로〉 가운데 '영숙'의 대사다. 영숙은 명문대를 졸업한 그럴듯한 학벌에 교수 남편과 유학 간 아들딸 자랑을 일삼는데 알고 보면 가족에게 외면받은 고독한 여자다. 부동산 투기로 졸부가 된 영숙을 남편과 자식들은 천박하다 말한다. 그 돈으로 평생 그들의 뒷바라지를 했건만 영숙에게 돌아오는 건 무식하다는 멸시뿐이다.

쿨하다는 게 뭘까? 자기 자신을 제대로 아는 것 아닐까. 누구나 자신을 안다고 생각하지만 사실은 그렇지 않다. 나의 본질을 나의 욕망을 모른다. 타인의 시선을 타인의 욕망을 내 것으로 착각하기도 한다. 〈굿바이 솔로〉의 영숙처럼.

108배든 기도든 명상이든 나를 들여다보는 시간이 내게는 소중하다. 기도를 한다는 것은 나를 천천히 보는 시간을 갖는다는 의미 같다. 그런 시간들을 통해 내가 원하는 것을 알게 된다. 사실 어떤 일이 기도 없이 이루어진 적이 있을까? 간절하게 겸손하게 구한다는 것, 그 자세나 태도가 중요하다. 나 또한 기도를 하면서 비로소 진짜 내가 원하는 것을 다시 알게 되기도 했으니까.

그러니까 내가 뭘 원하는지를 끊임없이 물어보고 그 답을 찾아가는 게 그냥 인생인 것 같다. 쿨한 사람, 그건 자신을 알고 자신이 원하는 바를 알고 자신의 일을 해나가는 것, 그리고 말과 함께 실천하고 공부하고 노력하는 이의 이름표 같다.

피아니스트 글렌 굴드가 말했다고 한다.

당신의 평범한 날은 1,440분이고, 이것은 다시 86,400초로 구성된다. 한 달을 평균 30일로 잡을 때 이것은 2,592,000초이고, 다시 한 해란 30일이 열두 번 반복된다고 보면 이것은 31,104,000초다. 이제 내 36세 생일이 다가오고 있으니 실은 나는 1,088,640,000초를 산 셈이다.

내 평범한 날의 초는?

현실은 누구에게나 팍팍하다. 나는 그것이 나한테만 있는 일인 것처럼 투덜댔었다. 이제는 인생을 간단명료하게 정리하고 싶다. 투덜대면서 허비하는 시간이 아깝다. 그 시간들을 작지만 실천하는 삶으로 옮기고 싶다. 모든 팍팍함에도 내가 좋아서 하는 일을 업으로 삼게 되었으니 분명 남부럽지 않은 인생이다. 징징대며 다시 못 올 초 단위의 인생을 낭비하고 싶지 않다. 그게 내가 생각하는 진짜 쿨함이다.

이 책은 다시 못 올 그 초 단위 인생에 대한 현재까지의 나의 기록이다. 이 세상에 이렇게나 어마어마한 책들이 쌓여 있는데 거기에 나까지 동참할 생각이 없었건만 초 단위의 인생 가운데 내 일들을 정리하고 싶은 마음이 들었다. 온통 내 자랑과 변명 들만 나열한 것 같아 부끄럽다. 그럼에도 30년여 배우 생활을 해오면서 고민하고 생각했던 일들을 말해보고 싶은 꿈을 이곳에 사소하나마 적었다.

연기를 못해서 항의 편지를 받던 나, 매일 연기를 그만두고 뭘하고 살아야 하나 고민하던 나, 늘 누군가에게 선택받아야 하고 평가받아야 하는 나, 나라는 한 배우의 고민에 관한 책이라 해도 좋다. 그 고민을 통해 배워왔던 것들의 기록이라고 해도 좋다. 그렇다고 이 책이 내 고민의 최종 매듭은 아니다. 다만 오랫동안 연기를 해온 나의, 배우라는 직업인으로서 또 사적인 한 인간으로서의 말쯤으로 여겨주길 바란다.

내가 느꼈던 개인적인 슬픔, 두려움, 상처 들은 어디서부터 어디까지 시작하고 끝내야 할지 난감했다. 오해를 받고 사기를 당하고 절교를 당하고 누군가를 떠나보내는 슬픔 등이야 모든 사람에게 언제나 일어나는 일이기 때문에 구구절절 풀어놓는 일이 어떤 의미일까 싶기도 했다. 한때 돈이 없어 사람 만나는 걸 피해야 했던 적도 있었는데 말이다.

시간은 지나간다는 말대로 지난했던 일들이 지났다. 풀어야 할
숙제들이 아직 있긴 하지만 그전만큼은 아니다. 이젠 정말이지 내
삶에서 복잡한 일을 만들고 싶지 않다. 내게 주어진 시간을 알뜰
하게 잘 쓰다가 가고 싶다.

그 가운데 끝까지 배우이길 바라는 마음이 있다.

2016년 무더운 여름을 보내고 온 가을

배종옥

차례

지금의 삶을 다시 한 번
똑같이 살아도 좋다는 마음으로 _____

배우의
　배우 이야기 _____

그들이
사는 세상 ——————————

꿈에 지지 않았으면 한다.
비록 그 시간이 지난하더라도
산 한가운데 물을 주는 심정으로 간절히.

그 렇 게

배 우 가   된 다

최선의,
최선의 선택

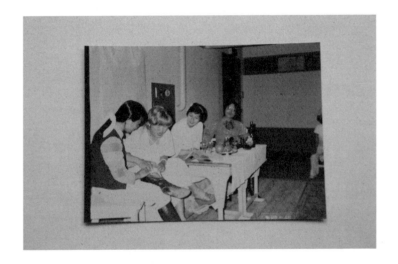

난 꿈을 꾸었다.

저렇게 무대에 섰으면 좋겠다고.

그건 내가 생애 처음 전적으로 반한 세계였다.

연극을 하겠다고 중앙대학교 연극영화과에 간 것은 오로지 나의 선택이었다. 무슨 무모함인지 모르겠다. 전쟁터에 나가는 장수에게 창과 방패가 없다는 게 나와 같은 처지일까? 갑옷조차 입지 않은 나였다.

고등학교에 다닐 무렵, 난 연극의 연 자도 모르는 학생이었다. 당시 미림여고는 새로 생긴 학교였다. 내가 2회 졸업생이었으니 학교는 썰렁했고 사실 특별활동이라는 것도 없었다. 고2 담임선생이었던 국어 선생님의 도움으로 연극부를 만들게 된 것이 뭔가 시작이었다.

첫 작품은 손턴 와일더의 〈우리 읍내〉였다. 연출을 맡았던 친구의 언니가 홍익대학교에서 미술을 전공했는데 그 언니를 통해 희곡을 얻어 연극을 만들어보자 의기투합했다. 연습을 한다곤 했지만 연극을 본 적도 없는데 연기를 도대체 어떻게 할 것인지 난감했다. 본 것도 없고 아는 것도 없는 아이들이 모여서 무엇을 할 수 있을지는 뻔한 상황. 그래서 고작 아이디어를 낸 것이 흑석동 중앙대학교에 가서 연극을 보자는 것.

난생처음 난 연극을 보았다. 페데리코 가르시아 로르카의 비극 〈피의 결혼〉이었다. 하얀색 레이스가 풍성한 블라우스를 입은 여배우가 무대 기운데 등장했나. 마치 인형 같았다. 난 그 여배우에게 흠뻑 빠지고 말았다.

그 뒤로 중앙대학교 연극영화과의 공연이란 공연은 모조리 찾아봤다. 춘계 공연, 추계 공연, 졸업 공연 등등 그때마다 그 선배는 여주인공을 맡았다.

난 꿈을 꾸었다. 저렇게 무대에 섰으면 좋겠다고. 그건 내가 생애 처음 전적으로 반한 세계였다.

물론 그때 중앙대학교 연극영화과를 지망하기에는 내 현실이 그야말로 '현실적'이었다. 난 눈에 띄게 예쁜 편도 아니었고 연기를 잘하는 것도 아니었고 이른바 집안의 '빽'도 없었다. 궁여지책으로 특기 사항을 삼고자 수화를 배워보기도 했지만 여의치는 않았다.

더 큰 걸림돌은 집안의 반대였다. 연극배우랄지 탤런트나 영화배우는 상상도 못하는 보수적인 집안 분위기에서 3남 3녀의 막내로 자란 나는 형제들이 보기엔 너무나 '애'였던 거다. 형제들은 내가 사범대학을 졸업해 학생들을 가르치다가 착실한 남편 만나서 결혼을 하고 대개 그렇듯 평범하고 소박하게 살기를 원했다. 난 선생님이 되는 것도 물론 좋았다. 그렇지만 연극영화과에 가서 그 무대에 단 한 번이라도 꼭 서보고 싶었다.

그 무렵엔 연극학과 학사가 교직과목을 이수하면 국어 선생 자격을 얻을 수 있었다. 힘껏 엄마를 설득하기 시작했다. 대학 가서 연극하다가 교직과목 이수해서 졸업하면 선생님을 하겠노라. 예순 살이 넘은 엄마가 뭘 알겠는가. 그렇다면 해봐라 허락해주셨다. 단, 시험에 떨어지면 재수는 없다는 조건이었다.

대학에 붙었다. 시험장에서 만난 세상에서 제일 예쁘고 멋지고 자신감 넘치던 아이들은 다 어디로 갔지? 내가 합격을 하다니! 이미 배우가 된 기분이었다.

1학년 첫 학기를 마치고 난 무대에 서고 싶어서 안달을 했다. 허다한 교양과목에 전공과목이라고는 연극사나 영화사를 들어야 했다. 선배들은 과의 기강이 해이해졌다면서 군기 잡기 일쑤. 늘 선배의 공연 도우미로 가서 잔심부름에 무대장치를 돕는 중노동을 하고 파김치가 돼서 흑석동 대학 극장 그 긴 계단을 내려올 때면 한숨만 나왔다.

연극이 이런 것인가? 난 언제 그 선배처럼 무대에 설 수 있을까? 중앙대학교는 2학년 2학기부터 학년 공연을 한다. 고작 4학기 기다리는 것도 내 열정은 조바심을 냈다.

우리 과는 다재다능한 학생이 많았다. 학교 체육대회가 끝나고 모여 뒤풀이를 할 때면 장기자랑이 이어지는데 웃어대다가 허파가 빠질(?) 지경에 이른다. 하나같이 재능과 기지가 반짝였다. 게다가 이미 현장에서 활동을 하며 이름을 얻고 들어오는 배우들도, 또 학교 나니넌 숭에 전격적으로 배우가 되는 학생들도 많았다. 그들 틈에 있으면 왠지 작아지는 나 자신을 추스르기란 정말 쉽지 않았다.

그리고 그렇게 원하던 연극 무대에 올랐을 때 마침내 내가 목도한 것이란!

2학년 2학기 첫 작업으로 〈바람앞에 등을 들고〉라는 창작극을 했다. 우린 공연 보름 전까지도 무대 위에 동선조차 긋지 못한 채 헤매고 있었다. 연극은 정말 쉽지 않았다. 동기들끼리의 반목은 공연을 할 수 없을 지경에까지 이르렀다. 그래도 막은 오른다는 말이 있듯이 역시 막은 올랐지만 엉망으로 작업을 마쳤다. 실망, 실망, 대실망.

3학년 1학기 공연은 사뮈엘 베케트의 부조리극 모음이었다. 사뮈엘 베케트는 부조리극의 개척자이자 현대극의 시조始祖로서 그의 대표작『고도를 기다리며』는 오늘날 현대 연극의 대명사로 자리한다. 당시 지도교수였던 이원기 교수님은 "쓸쓸한 광대들의 유희"라 일컫는 그에게 푹 빠져 있었다. 우리나라에 한 번도 소개되지 않은 작품을 직접 번역해서 수업을 진행했다. 교수님은 감탄에 감탄을 거듭했다. "이런 절묘하고 멋진 작품이 있을까?"

하지만 난 작품을 정말이지 하나도 이해할 수 없었다. 나만 모르는 건가 싶어 다른 동기들을 쳐다보면 그들은 모조리 이해하는 듯이 보였다. 걱정대로 역시나 무대에서 난 너무 고통스러웠다. 이건 관객 모독이야, 내가 모르는데 어떻게 관객을 설득할 수 있겠어, 날마다 내 마음은 소리쳤다.

두 번의 무대 경험은 내가 동경했던 동화가 아니라 현실을 그대로 나에게 보여주었다. 게다가 아주 또렷하게 내 수준을 알게 되었다.

난 재능이 없었다. 연기적으로 유연하지 못했으며 소양도 부족하다고 판단했다.

결국 3학년 2학기 때 무대장치 쪽으로 전공을 바꿨다. 무대 뒤에서 무대 위에 서는 친구들을 바라보면서 한없이 움츠러드는 나를 느꼈다. 왜 나에겐 저런 재능이 없을까? 연기를 접은 후 학교생활은 더없이 우울했다.

하지만 나에게 어떤 순간이 다가왔다. 3학년 가을 우리 과는 무대제라는 행사를 한다. 사회에서 활동하는 유력한 선배들을 모시고 식사를 함께하는 자리다. 보통 3학년 학생들이 주체가 돼서 모임이 진행된다. 그때 우연히도 내 옆자리에 6기 최상식 선배님이 계셨다. 최상식 선배님은 후배를 발굴하는 것으로 이미 유명했다. 문득 날 보면서 물었다.

"너 뭐 하고 있는 거 있니?"

"아뇨. 그냥 학교만 다녀요."

"그래? 그럼 너 탤런트 해볼래?"

마음속에서 한참 망설였다. 연기는 포기한 상탠데 어떻게 말해야 되지?

"기회가 된다면 할 수도 있겠죠."

기대는 없었다. 그런데 전화가 걸려왔고 그렇게 일요아침드라마 〈해돋는 언덕〉1985년 KBS2 방영에 출연하게 되었다.

그때 내가 그 길을 선택하지 않았다면 난 무엇이 되어 있을까? 선택과 운명에 대해 생각해보면, 그것은 같은 말이 아닐까 싶다. 지금의 선택들이 나를 어떤 길로 이끌지 우리는 알지 못한다. 연극영화과에서 연기를 전공했다고 해도 다 배우가 되는 건 아니다. 다른 공부를 했던 사람도 배우가 된다. 또한 배우가 됐다고 해도 계속 배우 생활을 하는 건 아니다. 수많았던 내 또래 배우들을 떠올려보면 정말 그렇다.

하지만 확실한 건 늘 무엇인가 선택하는 작디작은 순간이 있다. 무모하지만 나에게 운명처럼 다가오는 순간. 그것이 아니면 안 되는 것, 지금의 나를 송두리째 흔드는 무엇, 그것만이 나에게 의미 있는 것. 그 선택이 옳은지 그른지 모른다. 선택한 길을 묵묵히 갈 뿐이다.

인생을 돌이켜보면 마치 예정되어 있었던 것인가 싶을 정도로 명확한 사실들과 마주할 때가 있다. 잘 엮인 씨실과 날실처럼 그때 그 선택이 최선이었던 것. '내가 다른 선택을 했더라면 어떠했을까'라는 질문은 의미가 없다. 늘 최선의, 최선의 선택이 있었기 때문이다.

앞으로 나에게는 또 어떤 선택들이 남아 있을지 궁금해진다.

그러니까
드라마

방송국에만 가면 쥐구멍을 찾고 싶었던 내가

이름 석 자의 무게를 감당할 수 있는

배우가 되어갔다.

배우로서의 첫 출발은 일단 성공이었다. 20대 1의 경쟁률을 뚫어야 하는 텔런트 공채 시험을 치르지 않아도 되었으니까. 게다가 그 어려운 연극 무대에서 라면만 먹으며 추위를 견디지 않아도 되었으니까.

하지만 누구에게나 그러하듯 사회는 호락호락하지 않다. 방송국 생활은 참 힘이 들었다. '특채'라는 딱지가 붙어 다니면서 여기저기 문제를 일으켰다. 일단 마음을 터놓을 동료가 없었다. 〈해돋는 언덕〉에는 특채로 나와 대학 후배였던 원미연가수이 출연했는데 그녀마저 없었더라면 난 배우 생활을 계속하지 못했을 것 같다. 같이 밥 먹을 사람도 연기를 가르쳐줄 사람도 없었다. 너 예뻐장해서 특채 됐나 본데 얼마나 잘하나 보자는 식이었다. 이건 내생각. 하하.

그나마 연기라도 잘했으면 미움을 덜 받았을 텐데 난 연기를 못했다. 정말 못했다! 당연히 방송국 가는 발걸음은 언제나 누군가에게 끌려가는 것마냥 무겁기가 이루 말할 수 없었다. 대본을 봐도이게 무슨 뜻인지, 내가 뭘 어떻게 해야 하는지도 잘 몰랐다. 카메라 특성을 모르니 연기하다 보면 카메라앵글을 벗어나기 수차례. 당연히 감독님들은 내 얼굴만 나타나면 짜증을 냈다. 그런 와중에 운이 있었는지 당시 인기를 모았던 KBS의 쇼 프로그램 〈젊음의 행진〉의 MC도 맡았고 대하드라마 〈노다지〉1986년 KBS1 방영에 캐스팅도 됐다.

〈노다지〉는 당시 국영 방송국으로서 KBS가 야심차게 기획 제작한 대하드라마였다. 한일 병합부터 월남 파병까지 격동의 세월을 지낸 3대의 이야기로, 1부가 엄청난 호응을 얻으며 막을 내렸고 2부를 시작하면서 새롭게 인물들이 교체되던 시점에 내가 캐스팅이 되었다. 주인공은 배우 한혜숙, 임성민이었고 난 임성민의 동생 역이었다. 조연이라기에도 작은 역할이었다.

첫 연습 시간, 첫 만남과 첫 리딩은 언제나 피하고 싶을 만큼 힘들고 어색하다. 연습실에선 아주 작은 호흡도 예민하게 들린다. 신인들의 경우 기라성 같은 선배 앞에서 긴장해 잘하던 연기도 더못하는 수가 많다. 나도 그렇게 덜덜거리며 〈노다지〉의 첫 연습을 마쳤다. 선배들이 하나둘 자리를 떠나기 시작했다.

지금도 드라마에서 작가의 영향력은 대단하다. 당시 작가의 파워는 지금과 비교할 수 없을 정도로 막강했다. 더구나 〈노다지〉는 인기 있는 드라마였기 때문에 박병우 작가님의 말이 곧 법이라 해도 좋았다. 연습실을 나가려던 나를 작가님이 손으로 가리키며 감독님에게 말했다.

"임성민 부인 역 재 시켜."

"아이, 안 돼요. 이미 캐스팅됐고 그 친구가 정말 잘하는 아이예요, 선생님."

"아냐, 바꿔. 난 싫어."

이미 그 역에는 다른 배우가 캐스팅됐고 연습까지 마친 상황이었다. 감독은 나를 돌아보면서 몹시도 어이없어 했다. 그 표정이 지금도 선하다. 난 졸지에 주인공이 됐다.

너무나 연기를 잘하고 싶었는데 잘 안 됐다. 연습실은 지옥이었고 연습이 끝나면 매일 화장실에 가서 엉엉 울었다. 간혹 방송국 복도에서 최상식 선배님을 뵐 때면 아버지를 만난 것처럼 반갑고 서러워서 눈물이 그렁그렁 고였다.

한번은 대기실에 들어가려는데 선배들의 말소리를 바로 듣고 말았다.

"그런데 배종옥이는 왜 그렇게 연기를 못해? 중대 연영과 애들 수준이 그 정도야?"

게다가 여기저기서 시청자들의 항의 편지까지 날아들었다.

"연기 좀 잘하세요. 배종옥만 나오면 채널을 돌리고 싶어요."

"연기를 왜 그렇게 못하나요."

"국어책은 집에서 읽으세요."

가뜩이나 내성적이고 예민했던 나는 점점 더 드라마가 싫어졌다. 대외적으로는 비교적 이름을 알려나가는 것처럼 보였지만 안으로는 연기를 그만두면 뭘 하고 살아야 할지를 매일 고민했다. 그러니 안되는 연기가 잘될 리 만무.

첫 영화 〈칠수와 만수〉박광수 감독, 1988를 촬영할 때였다. 연기를 하지 말아야 될 이유를 입에 달고 살던 때였기 때문에 역시나 영화에 집중하지 못했다. 백화점 장면을 촬영해야 했다. 난 아무 생각 없이 그냥 앞으로 쭉 걷기만 했다. 백화점이니까 으레 이것저것 둘러보며 걸어올 거라 예상했던 감독님의 황당한 표정. 그때 옆에 계셨던 엄마 역할의 김지영 선생님은 내가 배우가 못 될 거라 생각하셨단다.

그럼에도 끊임없이 작은 역할들로 부름을 받았고 대학을 졸업한 난 용돈이라도 벌어야 했던 처지라 작품의 끈 또한 쉽게 놓지 못했다.

〈왕룽일가〉1989년 KBS2 방영는 그런 나를 배우로 만든 드라마다. 『머나먼 쏭바강』 『우묵배미의 사랑』의 작가 박영한의 소설을 원작으로, 산업화와 도시화의 격류 가운데 서울 변두리에서 살아가는 평범한 소시민의 삶과 애환을 담은 작품이었다. 데뷔한 지 3년이 지나고 방황은 여전했을 무렵, 나는 왕룽의 딸 역할을 맡았다.

학교 선배던 이종한 감독님은 자상하게 연기를 가르쳐주었다. 다른 배우들보다 몇 시간 먼저 연습실에 가서 대본 공부를 했다. 발걸음, 문 여는 동작, 상대에 따라 달리 말하는 방법, 눈빛, 목소리 톤 등등 하나부터 열까지 확인하면서 내 연기의 문제점들을 같이 고민해주었다.

아, 연기가 이런 거구나. 왜 몰랐지? 내 뇌가 깨기 시작했다. 대본을 보면 이제 무슨 뜻인지 알 것 같았다. "지겨워"라는 극 중 내 대사는 한때 유행어가 되기도 했다. 연기가 재밌어졌다.

그 작품을 마치고 난 잘나가는 신예가 되었다. 영화에서도 섭외 요청이 왔다. 대학 선배였던 장현수 감독님의 영화아카데미 1기 졸업 작품을 대학 3학년 때 찍었던 인연이 있었다. 장 감독님은 당시 〈겨울 나그네〉로 최고의 주가를 올리던 곽지균 감독님의 조감독이었다.

하루는 만나자는 연락이 왔다. 장 감독님은 내게 영화의 불문율을 말해주었다. 여배우가 세 번째 영화까지 실패하면 영화계에선 배우가 될 수 없다고 생각한다는 것이다. 그때 난 〈칠수와 만수〉〈나는 날마다 일어선다〉강우석 감독, 1990에 출연했지만 그다지 조명받지 못한 상태였다. 장 감독님은 이번에 곽지균 감독님이 준비하는 영화 〈젊은 날의 초상〉을 같이 해보자고 제안했다.

〈젊은 날의 초상〉을 통해 영화 작업의 재미를 느꼈다. 연출팀과 시나리오를 연구하고 캐릭터를 만들고 촬영하기까지의 정교한 작업 과정을 거치면서 많은 것들을 배웠다. 한 컷 한 컷 의미 없는 컷이 없다. 드라마와는 또 다른, 역할에 대한 깊이감과 그 표현 방식을 익히면서 연기자로서 내 색깔을 만들어갔다. 대종상 여우조연상을 받기도 했다. 그 뒤 1992년에는 장현수 감독님의 첫 작품

〈걸어서 하늘까지〉에 출연하는 영광을 얻었다. 그 작품으로는 백상예술대상에서 최우수 여자 연기자상을 받았다. 〈걸어서 하늘까지〉는 영화가 만들어지고 홍보하는 과정에서 제작사 대표의 갑작스러운 별세로 극장에서 제대로 상영되지 못한 비운을 겪어야 했다. 그럼에도 내게 주어진 상은 그 영화에 대한 좋은 평가로 여겨졌다. 〈걸어서 하늘까지〉는 MBC에서 미니시리즈로 만들어져 크게 사랑받기도 했다.

드라마에선 〈행복어 사전〉1991년 MBC 방영 〈도시인〉1991년 MBC 방영 〈여자의 방〉1992년 MBC 방영 등 출연하는 작품마다 다행스럽게도 사랑을 받는 행운을 누렸다.

방송국에만 가면 쥐구멍을 찾고 싶었던 내가 이름 석 자의 무게를 감당할 수 있는 배우가 되어갔다. 어쩌면 이것이 내겐 진짜 '드라마'였다. 비록 NG투성이로 시작되었지만.

멜로드라마와 내복
그리고 〈거짓말〉

"언니, 멜로는 어떻게 해야

잘할 수 있어요?"

"내복을 벗어."

난 연기밖에 할 줄 아는 게 없다. 연기를 시작한 이후부터 지금 껏 그렇다. '바보 같은 사랑'인 걸까. 한 가지 일을 업으로 삼고 산 다는 게 쉬운 일은 아니다. 다재다능한 배우들을 볼 때마다 부러 울 따름이다. 연기도 잘하는 배우가 다른 재능까지 있다니, 다 가 진 자로군! 그럴 때면 혼자 다짐하곤 한다. 난 할 줄 아는 게 연기 밖에 없으니 연기에 더 힘써야겠다고.

연기에 재미를 붙이고 좋은 작품들을 만나면서 난 당시엔 없던 새로운 이미지를 만들어갔다. 1980년대 후반 우리나라 드라마의 여주인공은 가냘픈 외모에 부드러운 목소리를 가져야 했다. 순애 보가 큰 인기였고 여주인공을 하려면 그런 종류의 이미지가 필수 조건이었다. 그런 시대적 분위기와는 달리 난 부드러운 선의 전형 적인 미인상도 아니었고 목소리는 높은 톤인 데다가 허스키하고 비음까지 있었다. 한 감독님은 그런 목소리로 무슨 배우를 하겠다 는 거냐며 그만두라고 일갈하기도 했다. 어느 시대건 그 시대의 주류와 다른 경향들을 받아들이기란 쉽지 않은 일이다. 나 역시도 내가 진짜 배우가 될 거라고 생각하지 못했기 때문에 사람들의 그 런 말이 견딜 수 없는 상처가 되지는 않았다. 주어진 상황들에 미 룰 수 없는 숙제처럼 그때그때 충실히 임했다.

1990년대에 들어서 세계는 다시금 페미니즘 운동이 한창이었 다. 여성들 간에 존재하는 인종, 계급, 외모, 능력의 차이를 인정하는 동시에 각종 경계를 초월하며 성 정체성의 다채로움에 관심을 가져가던 때, 당연히 그 흐름은 우리나라 문화예술계에도 영향을 미쳤다. 1991년 드라마 〈행복어 사전〉에서 내가 맡았던 여기자 '은경표'는 파격적인 캐릭터였다. 남자 동료가 실수하는 걸 참지 못하고 정강이를 걷어차며 심지어 상사에게도 하고 싶은 말 다 하는 인텔리 여성. 그녀는 덥수룩한 머리에 기자로서의 의무 외엔 관심이 없는 커리어우먼의 전형이었다. 요즘은 그런 캐릭터가 싫증 날 정도로 흔하지만 그땐 상당히 진보적이고 독립적인 새로운 인물형이었다. 동시대 여성들은 나를 통해 대리만족을 했다. 자신들이 직장에서 맞닥뜨리는 불평등을 마치 내가 대신 맞서서 싸워주는 듯하다며 격려의 박수를 보냈다.

1992년 MBC에서 방영한 〈여자의 방〉은 네 여성이 한 아파트에 살면서 벌어지는 에피소드를 담은 드라마였다. 난 패션디자이너 '영진' 역을 맡았다. 미혼인 여자가 집에서 독립해 산다는 것은 상상할 수도 없는 사회적 분위기여서인지 '자기만의 방'을 갖고 혼자 사는 것이 여성들의 꿈 가운데 하나였다. 능력을 인정받는 전문직 여성, 빨간색 자가용과 개인적인 공간을 가진 멋진 여자, 그 시대에 독보적인 도시 여성의 이미지를 만들어낸 셈이다.

그즈음 4, 5년 동안 참여하는 드라마, 영화마다 비교적 성공을 거두었다. 광고 시장까지 섭렵하면서 내 인생 최고의 시간들을 보냈다. 작품을 하자는 제의가 끊이지 않았다. 내 인생은 언제까지고 그럴 줄 알았다. 착각은 자유겠으나 그런 착각을 내가 했다. 오르막길이 있다면 내리막길이 있다는 당연한 사실을, 차면 기운다는 것을 이제는 알지만.

1993년 결혼한 나는 딸 하나를 낳고 바로 이혼을 했다. 개인적인 아픔을 일에 몰두함으로써 이겨내려 했던 시간들. 이혼 후 바로 촬영에 임했던 김수현 작가님의 〈목욕탕집 남자들〉1995년 KBS2 방영은 68퍼센트의 시청률을 얻었다. 1995년 MBC 〈전쟁과 사랑〉도 그랬다. 연기하는 그 시간이 내게 더없이 귀한 순간들이었다.

배우로서 가장 힘든 건 기다림이다. 언제 내가 선택될지 알 수 없다. 또 원하든 원하지 않든 나이가 들면 어쩔 수 없이 공백이 찾아온다. 연령에 맞는 역할들 때문이다. 나에게도 그런 한계의 시간이 찾아왔다. 젊어서 만든, 당당히 내 할 말 하고 사는 독립적인 여성의 이미지를 반복하다 보니 보는 사람뿐만 아니라 나 역시도 다른 이미지의 필요성을 느꼈다. 어떤 연기를 해도 나를 벗어나지 못하는 것이 답답했다. 어떻게 해야 내가 나 아닌 다른 인물로 표현될 수 있는지 그 방법을 알고 싶었다. 그 가운데서도 특히 내가 제일 자신 없었던 멜로 연기를 극복하고 싶었다. 이 산을 넘지 못하면 나에게 다음 산도 없다고 생각했다. 사랑하는 감정을 표현하는 것에 도통 서툴렀던 난 갑갑한 마음에 〈여자의 방〉을 촬영할 때 함께 출연했던 이미숙 선배에게 묻기도 했다.

"언니, 멜로는 어떻게 해야 잘할 수 있어요?"

"내복을 벗어."

난 추위 때문에 내복을 꼭 입었다.

〈목욕탕집 남자들〉에서도 멜로 장면만 나오면 연기를 시원스럽게 망쳤다. 잘하다가도 그 부분에서 내 존재는 얼음 녹듯 사라졌다.

한번은 정말 중요했던 장면을 위해 윤여정 선생님 댁에 찾아가서 오랜 시간 가르침을 받기도 했다. 선생님과 연습하고 집에 돌아와서도 연기를 반복했고 그 감정을 잊지 않으려고 상황들을 계속 되뇌었다. 촬영 날 아침 윤 선생님이 전화를 주셨다.

"잘할 수 있지? 그 감정 잊지 않았지?"

"네, 선생님. 끝나고 전화 드릴게요."

정말 잘할 수 있을 것 같았다. 그런데 촬영장에 도착한 순간 이성과 감성이 분리되었다. 느낌은 알겠는데, 대사의 상황도 알겠는데, 절절한 슬픔이 말갛게 지워졌다. 그렇게 준비했건만 또 망쳤다. 김수현 작가님의 점수는? 70점이었다.

정통 멜로에 도전하자 싶어 야심차게 출연했던 〈이혼하지 않는 이유〉1996년 MBC 방영는 사랑과 이혼의 갈등을 여러 세대에서 그린 드라마였다. 당초 50부작으로 기획된 수목드라마였지만 비현실적인 구도 등으로 비난을 사기도 하면서 결국 24부 만에 조기 종영

당하는 수모를 겪었다. 물론 조기 종영의 이유가 다 나 때문만은 아니었겠지만 여주인공이었던 나는 많은 책임감을 느꼈다.

과연 방법이 있는 걸까? 그때 기회가 왔다. 〈거짓말〉1998년 KBS2 방영을 만나게 되었다. 윤여정 선생님이 노희경 작가님과 표민수 감독님에게 나를 소개했다. 첫 만남은 생각할 때마다 웃음이 난다.

우린 63빌딩 중식당에서 만났다. 배가 매우 고팠던 내가 밥을 먹자고 했더니 그들은 괜찮다고 했다. 평소 배고픈 것을 참지 못하는 나는 간단한 음식을 시키려 했지만 코스 요리만 주문해야 한다나. 어쩔 수 없이 코스 요리를 시켰다. 계속해서 나오는 음식을 혼자 먹으며 난 작품에 대해 진지하게 이야기했다. SBS 일일드라마에 출연하고 있었고 한 지방 대학의 겸임교수까지 맡고 있어 스케줄이 여의치 않았음에도 작가와 감독에게 〈거짓말〉이 꼭 하고 싶다고 말했다. 나중에 안 사실이지만 그때 둘도 배가 고팠단다. 내가 밥 먹는 동안 배고픈 걸 참느라 고생했다고. 나라는 배우가 정말 이상하게 보였다고 했다. 상상해보길. 혼자서 밥 먹는 여배우와 초면의 작가, 감독의 만남이 어땠을지.

작가와 감독은 그 역할을 황신혜 선배가 해주길 바랐다. 황신혜 선배는 드라마 〈애인〉으로 제2의 전성기를 구가하고 있었다. 하지만 결혼 준비로 이 작품을 할 수 없다고 거절한 상태였다. 그래서 그 역할에 몇몇 배우가 물망에 오른 거였다. 〈목욕탕집 남자들〉이후 드라마에서 이렇다 할 주목을 끌지 못하던 나는 그즈음엔 대개 아줌마 역할들을 하고 있었다. 〈거짓말〉의 '주성우'는 노처녀 역이었기 때문에 그들은 날 염두에 두지 않은 터였다. 나와의 만남도 윤 선생님에 대한 예의 때문이었을 뿐. 그런 배우가 그들 앞에서 떡하니 밥을 코스로 먹고 앉아 있었으니!

마지막까지 캐스팅에 공을 들이던 제작진은 결국 나를 선택했다. 〈거짓말〉에 마침내 합류하게 되었지만 방송이 얼마 남지 않은 상태여서 역할을 분석하면서 익히기에 턱없이 시간이 부족했다. 난 아는 교수님에게 개인적으로 연기 지도를 받았다. 하지만 초반부에 너무 강렬한 연기를 하는 바람에 표 감독님과 노 작가님도 나의 연기를 어떻게 다스려야 할지 긴급 회의를 열 정도였단다. 5회 방송이 나가고 작가로부터 전화를 받기도 했다.

"그 장면에서 왜 그렇게 웃어요?"

"사랑하는 사람과 같이 있으면 좋지 않나요? 그래서 전 웃었는데요."

"웃지 마세요. 웃을 상황이 아니에요."

"네."

〈거짓말〉 첫 연습을 끝내고 함께 올라탄 엘리베이터에서 작가가 내 목을 조르며 "연기 좀 잘해요"라고 했던 건 이미 유명한 일화다.

난 〈거짓말〉 대본 한 장면 한 장면을 신인 때처럼 다시 공부했다. 때론 대사 한마디조차 아주 작은 조각으로 나눠서 감정을 분석하고 익혔다. 처음엔 이런 작업이 무의미하게 느껴질 정도로 연기에 발전이 없어 보였다. 현장에서 감독과 부딪치는 부분도 많았다. 내 연기는 대본에서 원하는 것보다 강했고 감정은 그 인물과 정확하게 맞아떨어지지 않았다. 이를테면 이런 문제였다. 극 중 나는 유부남과 사랑을 나누는 여자였다. 조명감독님이 말하길, 왜 유부남인 서준희이성재가 노처녀 상사인 주성우를 사랑하는지 이해가 안 간다고 했다. 부인당시 유호정의 배역이 더 젊고 예쁜데 굳이 주성우를 사랑할 이유가 없다는 것이다. 내 연기에 전혀 설득력이 없다는 결론이었다.

그래도 난 공부를 멈추지 않았다. 매 순간을 분석하며 드라마 현장에 집중했고 놓치는 감정이 없도록 섬세하게 파고들었다. 그렇게 5회가 지나면서 철저하게 계산된 연기가 조금씩 빛을 발하기 시작했다. 호흡, 몸짓, 눈빛, 사랑의 기쁨과 아픔의 표현들이 나의 몸을 떠나 브라운관 너머 시청자에게 가닿는 것 같았다.

나는 〈거짓말〉을 정말 사랑했다. 촬영 전날엔 현장에서 입을 옷을 모두 준비해놓고 설렘에 밤을 지새웠다. 사랑하는 사람을 만나러 가는 사람처럼 가슴이 콩닥콩닥 뛰었다. 촬영 날만 기다렸다. 그런 나의 마음은 화면에 그대로 표현되었다. 더는 연기를 할 필요가 없었다. 모든 상황이 자연스럽게 가슴으로 이해됐다. 그렇게 서서히, 그러나 마침내 멜로를 극복했다.

〈거짓말〉을 공부하면서 내 연기의 문제점을 알게 되었다. 사랑의 감정 표현이 늘 어색했던 이유도. 사랑의 감정은 인간에게 있어서 가장 기본적인 감정이다. 그럼에도 표현이 서툴렀던 이유는 감정 자체를 '대충' 생각했기 때문이다. 기본적인 감정이므로 당연히 너무나 잘 안다고 생각했다. 그 감정이 얼마나 절실한지, 그 사랑이 지금 그 순간 인물에게 어떤 의미가 있는지 평면적으로 대했던 것이다. 모든 연기엔 맡은 인물에 대한 이해와 철저한 분석이 필요하다. 그 인물, 그리고 상관관계에 있는 타인을 이해하는 과정이 연기에서 얼마나 중요한지 다시금 알게 되었다. 우리는 가끔 그 감정을 알고 있다고 생각한다. 그건 생각일 뿐 아는 게 아니다. 생각에서 멈추지 않고 나로 다시 태어나도록 감정의 끈을 놓지 않아야 한다. 지난날 다 알고 있다고 생각하고 연기하던 습관을 고치면서 내 연기도 변하기 시작했다.

〈거짓말〉을 마치고 노 작가님과 난 친구가 되었다. 표 감독님과도 친해졌다. 우린 다시 의기투합해 두 번째 작품 〈바보 같은 사랑〉2000년 KBS2 방영에 도전했다. 방송 첫날 시청률? 무려 1.4퍼센트였다! 애국가 시청률이 4퍼센트라는데, 이것은 말할 것도 없이 최악의 시청률이었다. 언론에선 '기대감 없는 배우' 배종옥이 출연했기 때문이라는 혹평이 난무했다.

하지만 무슨 자신감인지 촬영 현장은 흔들림이 없었다. 시청률이 애국가보다 못했기에 오히려 자유로웠을까? 그건 아니었다. 우리에겐 좋은 작품을 만들 수 있다는 믿음이 있었다. 물론 각자 맡은 역할을 충실히 했다. 3회 방송 땐 2.8퍼센트! 박원숙 선생님이 시청률이 이렇게 두 배로 뛰는 건 쉽지 않은 일이라고 했다. 회를 거듭할수록 시청률이 올랐지만 동 시간대 MBC에서 방영하던 드라마 〈허준〉의 시청률 60퍼센트와 맞붙기에는 아무리 기를 써도 한계가 있었다. 그럼에도 〈허준〉이 '국민 드라마'였다면, 〈바보 같은 사랑〉은 어떤 이들에겐 '또 다른 국민 드라마'였다고 감히 생각한다. 골수팬이 있었고 좋은 작품이라는 평가가 따랐다.

난 그해 〈바보 같은 사랑〉으로 KBS 연기대상에서 상을 받았다. 시청률과 관계없이 작품성을 인정받았다고 생각하니 그 어떤 상보다도 내겐 의미가 있었다. 요즘도 가끔 처음 만나는 사람들은 나를 보며 인사한다.

"〈바보 같은 사랑〉 정말 좋았어요. 배종옥 씨 연기도 대단했죠."

한때 독설가로 유명했던 한 언론인이 기고한 TV 비평에서 '배종옥을 보는 기쁨이 있다'라고 할 정도면 배우 2막의 시작은 일단 괜찮은 편이겠지.

굿럭,
뉴욕!

내가 느끼는 현실의 문제들과 미래에 대한 불안은 누구에게나 있는 것,

고민하지 말고 당신이 원하는 삶을 위해

열심히 노력하라고 말하는 것 같았다.

서른 중반, 〈거짓말〉을 기점으로 나의 세계는 거짓말처럼 달라졌다. 〈거짓말〉이라는 드라마를 통해 내가 몰랐던 새로운 연기를 경험한 나는 미국의 메소드 연기에 관심을 가지게 되었다. 물론 그전부터 알고 있던 연기 방법이었지만 직접 가서 보고 그들에게 배우고 싶다는 열망이 생겼다. 나는 그해 겨울 짐을 싸서 뉴욕으로 날아갔다. 아는 교수님 소개로 NYU 어학원에 입학하고 티쉬(Tisch) 대학원에 원서를 넣었다.

뉴욕은 내가 기대하고 상상했던 것보다 훨씬 경이로운 세상이었다. 엽서에서나 보던 광경이 파노라마처럼 눈앞에 펼쳐졌다. 더 기묘한 경험은 처음 온 도시 같지 않다는 것, 언젠가 내가 한동안 머물렀거나 몇 번인가 와봤던 느낌이었다. 그래선지 뉴욕 생활에 쉽게 적응해나갔다. 그 큰 도시에 혼자서 낯선 사람들과 지내는 시간이 물론 쉽진 않았지만, 내가 느끼는 감정은 분명 행복이었다.

학교가 끝난 후엔 뉴욕 곳곳을 돌아다녔다. 세상의 모든 사람들이 꿈을 안고 모여드는 도시. 아침이면 바삐 걸어가는 뉴요커들의 멋진 행렬. 그 사이에 내가 숨 쉬고 있다는 게 믿어지지 않았다. 만약 내가 20대에 이 도시에서 삶을 시작했다면 어떤 사람이 되어 있을까? 뭐가 되었던들 관계없다는 생각이 들었다. 한국에서 내가 기어이 고집했던 생각들이 부질없다 싶었다. 뉴욕에선 그런 것들이 아주 사소한 일에 불과했다. 역동적으로 움직이는 커다란 세상은 나의 세계를 있는 그대로 바라보게 했다.

뉴욕의 시간들, 그 시간이 내 사고를 넓혀주었다. 언제든 마음만 먹으면 볼 수 있는 유명한 그림들과 넘쳐나는 예술가들의 작품, 건축물들, 공원들, 성당들, 하물며 거리의 소소한 가게들을 꾸미고 있는 아주 작은 물건들조차 내 생각을 뛰어넘었다. 작은 세상에서 그것이 전부인 것처럼 잘난 체하면서 살았던 자신이 부끄러웠다.

한편으론 한국에 있는 엄마와 딸아이, 그리고 이어져야 할 내 일터와 작업들이 고민되기도 했다. 남들은 앞으로 나아가는데 나만 멈춰 있는 건 아닌지 불안했다. 밤이면 낭떠러지로 떨어지는 꿈을 수도 없이 꾸었다. 이런 시간들이 나에게 꼭 필요한 건지 몇 번이고 되물었다. 마음이 답답할 때면 달려나가 지치도록 거리를 걸었고, 뮤지엄을 찾았다. 그들이 고민했던 흔적들과 작품에 쏟았을 시간과 열정 들을 보면서 위안을 받았다. 세계적인 대가들도 꾸준히 자신의 작업을 발전시키려 노력했고 그 과정에 쓰인 고뇌에 찬 기록들엔 희망의 메시지가 있었다. 내가 느끼는 현실의 문제들과 미래에 대한 불안은 누구에게나 있는 것, 고민하지 말고 당신이 원하는 삶을 위해 열심히 노력하라고 말하는 것 같았다.

명배우 우타 하겐이 늘 수업을 했다는 HB 스튜디오에 갔다. 지하철을 몇 번인가 갈아타고 가야 했다. 작은 건물에 강의실로 올라가는 계단은 삐걱거렸고, 카펫은 낡아서 군데군데 바닥이 드러났다. 벽면 보드에는 빽빽이 채워진 수업 일정이며 메모들이 제멋대로 펄럭였다. 약간의 돈을 내면 수업 시간에 들어가서 그들이 공부하는 것을 볼 수 있었다.

무대 위에 두 남녀가 의자에 앉아서 대사를 하고 있었고 선생님은 옆에서 그 대사에 맞는 감정인지를 확인했다. 그날이 여자의 생일이고 남자는 생일을 축하해주려고 밖에 나가서 식사를 하자고 하는데 여자는 나가기 싫다고 하는 장면이었다.

"여자가 왜 남자 말에 동의하지 않죠?"

"나가기 싫어서요."

"왜죠? 뭔가 이유가 있을 텐데요?"

여자가 생각하느라 연기를 멈췄다. 선생님은 연기를 계속하라고 지시한다.

"내 얘기를 들으면서 멈추지 말고 계속 연기를 하세요."

"아…… 남자한테 기분 나쁜 일이 있었어요."

"그걸 구체적으로 생각하면서 연기를 했나요?"

"그런 것 같은데……."

"그런 느낌이 느껴지지 않았어요."

"그럼 어떻게 그걸 느껴지게 해야 하나요?"

"기분 나쁜 일에 대한 구체적이고 명확한 이유가 있어야겠죠?"

선생님은 학생들의 연기에서 느껴지지 않는 감정들을 읽어내고 학생들은 자신이 놓친 부분이 뭔지 실습을 통해 인지했다. 그렇게 몇 팀이 무대에서 자신들이 준비해 온 연기를 번갈아 했다.

이런 교육을 하는구나! 우리나라와는 전혀 다른 방식의 교육이었다. 단답형에 익숙한 문화여선지 우린 연기도 단답식으로 했다. 이렇게 해봐 저렇게 해봐, 울어봐 웃어봐 화내봐 등등. 학원을 나오는데 마흔 살은 충분히 넘었을 배우가(무명배우 혹은 내가 모르는 배우일지도) 햄버거를 먹으며 바삐 교실로 올라갔다. 저렇게 나이든 배우들도 공부를 하러 학원에 오는구나! 얼마나 많은 학생들이 이 계단을 오르내리며 공부했을까? 그들의 역사가 만들어낸 이 공간이, 멋지게 보였다. 내가 나를 벗어나고 싶어도 방법을 몰라 헤맸을 때 이런 학원이 있었다면 얼마나 좋았을까 부럽기도 했다.

우리나라는 대학에 갈 때 외엔 연기 공부를 하지 않는 것 같다. 신인 배우일 때 연기 선생님에게 배우는 정도가 전부다. 연기 생활을 하면서 부닥치는 문제들은 배우 각자의 몫이다. 프로 배우가 된다 해도 배워야 할 것들이 많다. 일단 다른 캐릭터를 소화하는 방법들에 대한 교육 프로그램이 없다. 할리우드엔 그런 학습들이 체계화되어 있다고 들었다. 그래선지 외국 배우들을 보면 자신을 벗어난 인물들을 깜짝 놀랄 정도로 능숙하게 표현해내곤 한다. 〈사랑에 대한 모든 것〉의 에디 레드메인은 실제 인물인 스티븐 호킹 박사를 연기하기 위해 근육을 감량하고자 10킬로그램의 살을 뺐고, 루게릭병 환자들을 찾아가서 공부했다. 그건 물론 배우에게 있어서 기본이다. 그 외에 인물을 구체화하는 방법에 대한 것들은 그 부분의 전문가들과 함께 고민했을 것이다. 목소리 트레이닝부터 인물의 행동 방식, 각 장면마다 중요한 지점들에 대한 연기 계획을 조율했을 것이다. 그 예는 여러 영화들에서 찾아볼 수 있다. 〈다이애나〉의 나오미 와츠의 표정 연기에서, 〈철의 여인〉에서 메릴 스트립의 연기에서도 전문가가 객관적인 시각에서 인물을 관찰한 흔적을 찾아볼 수 있다. 어쩌면 그들에겐 거론의 여지가 없는 부분일지도 모른다. 하지만 우리나라는 그런 작업 방식에 익숙하지 않다. 우선 기성 배우들이 연기 선생님을 신뢰하지 않는다. 자신을 변화시켜줄 거라는 생각을 하지 못한다. 대본 분석이 우선이고, 그 뒤에 작가나 감독과 감정을 논의하고 익히면 된다는 것이 지배적인 생각이다. 그러다 보니 이미지 캐스팅에서 벗어나지 못하는 한계가 있다. 우리도 이런 재교육 시스템이 있어야 한다는 생각을 했다. 그렇게 된다면 자신의 이미지를 벗어난 어떤 역할도 자유롭게 도전할 수 있을 텐데.

학원 앞 카페에 갔다. 무대에서 봤던 그 여배우가 샌드위치를 머으며 뭔가 중얼대고 있었다. 펜시리 빈가웠다. 같은 배우로서의 동질감일까. 커피를 마시며 무심한 듯 그녀의 얘기에 귀를 기울였다. 대사들을 반복해서 외우는가 싶더니, 선생님에 대해 투덜댔다. 옆에서 얘길 하는데 어떻게 집중할 수가 있어? 그런 정도는 나도 알고 있다고! 슬며시 웃음이 나왔다. 투덜대는 건 우리랑 똑같군.

대학원에서 인터뷰를 하자는 연락이 왔다. 한국에서 일한 경력과 내가 출연했던 작품들을 편집한 비디오를 같이 제출해선지 그쪽에선 나에게 호의적이었다. 그런데 막상 학교를 가자니 돈이 없었다. 1999년 우리나라는 IMF 외환 위기를 겪고 있었고 달러 환율이 1800대 1을 넘었다. 내가 모든 경제적 활동을 책임져야 했던 상황에서 어떤 수입도 없이 2년 이상 학비만 지출할 여력이 없었다. 정말 아쉬웠지만 공부를 포기하고 돌아와야 했다.

한국에 와서 일을 하면서도 틈만 나면 뉴욕을 찾았다. 뉴욕이 나의 제2의 고향이라고 말할 정도로 난 그곳에 빠져 있었다. 일하면서 힘들다가도 뉴욕의 거리들과 에너지 그리고 내가 호흡했던 공기, 즐겨 찾던 가게들, 뮤지엄들을 생각하면 없던 힘도 생겼다. 그렇게 한동안 난 뉴욕을 그리워했다. 지금 생각해보면 뉴욕이라는 멋진 도시도 좋았지만 내가 만끽했던 그 시간을 그리워한 게 아닐까 싶다. 그때 그 시간, 연기에 대해 갈증을 느끼고 미래에 대한 불안함을 극복하고 싶어서 발버둥쳤던 그 시간. 마침 그 시간에 뉴욕에 있었고 그 도시가 만드는 에너지를 내 열정으로 만들고 받아들였던 것이다. 이제 생각하면 그 시간에 우리나라에서 작품들로 내 세계를 만들어나가길 잘했다 싶다. 만약 공부를 하고 돌아왔다면 뭔가 달랐겠지만 실전만큼 훌륭한 공부가 어디 있을까. 연기를 쉬면서 연기를 배우는 것과 연기를 하면서 연기를 배우는 것, 어쩔 수 없는 선택이었지만 후자가 나에게는 잘 맞았던 것 같다.

얼마 전 딸아이 졸업식이 있어서 뉴욕에 갔다. 길거리 곳곳에서 역한 냄새가 났다. 내가 불평을 하자 그게 바로 뉴욕이라고 딸아이가 말해준다. 사랑에 빠지면 사실을 있는 그대로 보지 못하는 것처럼 나도 그랬던 걸까. 뉴욕에 가면 항상 들르는 공원에 갔다. 도심 속 하늘을 찌를 것처럼 유난히 큰 나무들이 많아서 그 공원의 광대한 느낌을 좋아했었다. 이젠 아이가 졸업을 했으니 더는 못 오겠네 싶어 눈에 오래도록 그 모습을 담았다. 그리고 깊게 깊게 그 공기도 들이마셨다. 지난 시간 그 열정이 살아나는 것 같았다.

소유하는 것보다 경험하는 것이 중요하다고 한다. 소유는 인간을 변화시키지 못하지만 경험은 인간을 변화시킬 수 있다고. 무모하다 싶었지만 뉴욕에서의 시간이 없었다면 나는 어떻게 됐을까? 서른 중반 불안했던 길 가운데 결코 길지 않았지만 가장 강렬했던 추억이 되었다. 그건 돈으로도 환산할 수 없는 소중한 시간이다. 이제는 뉴욕이 아닌 세상의 곳곳에서 살아보고 싶다. 작품이 끝나면 생각나는 도시를 정하고 그곳에서 몇 달씩 살아보는 것. 생각만으로도 맘이 설렌다.

내가 사랑한
여자들

새로운 것, 다른 것,

내가 하지 않았던 것, 했어도 좀 다른 것.

이러한 것들을 추구했다.

최근 틸다 스윈튼이라는 배우에 빠지고 말았다. 조각상 같은 특유의 분위기는 말할 것도 없고 배우로서의 영혼도, 자유로운 태도도 멋지다. 무엇보다 새롭다는 점. 굳이 성별이나 국적이 그녀를 수식하지 않는다. 배우로서의 정형성도 깼다.

새롭다는 것은 굉장히 특별한 능력인 것 같다. 그건 남과 다른 나의 구조와 형식이 있다는 것이고 결국 나만의 것이 있다는 거니까.

배우를 이렇게 오랜 시간 싫증내지 않고 해올 수 있었던 것은 그 새로움에 대한 동경이 있는 까닭이었다. 새로운 것, 다른 것, 내가 하지 않았던 것, 했어도 좀 다른 것. 이러한 것들을 추구했다.

언젠가 나에 대한 신문 칼럼을 지인이 보내준 적이 있다.

1964년 5월 13일생. 우리 나이로 치면 그녀도 이미 40대 중반이다. 이 어중간한 나이대의 여배우에게 대중이 원하는 것은 그리 많지 않다. 헌신적인 어머니상 정도가 고작 최고의 배역이라고 할 수 있을 것이다. 물론 그녀라고 다르지 않다. 이번에 최우수연기상을 받은 '박정금'이라는 캐릭터만 하더라도 두 아들을 데리고 사는 이혼만 아줌마 형사였고, 조연상을 받은 〈그들이 사는 세상〉의 자유분방한 여배우 '윤영' 역시 생활고에 시달리는 늙은 여배우라는 설정에서 출발하고 있다.

그런데 이 배종옥이라는 배우는 진짜 대단히다. 이렇게 보면 나이 든 여배우의 종착지 같은 이 모든 배역들에 그녀가 스며들면 그 캐릭터들은 모두 우리와 공존하는 우리 이웃의 살아 움직이는 사람으로 뒤바뀐다. 부스스한 파마머리의 아줌마 형사 '박정금'으로부터 화려함의 극치를 보여주는 배우 '윤영'에 이르기까지 그 캐릭터들은 우리 인생에 내재해 있는 어떤 한 순간의 슬픔과 고통을 리얼하게 재현한다. 그것은 때로 순정에 우는 바보 창녀일 수도 있고, 또 때로는 도도한 도회의 전문직 여성일 수도 있다. 그 어떤 배역이든 그녀는 그 캐릭터가 바로 우리, 지금 여기의 '나'와 별반 다르지 않다는 사실을 깨닫게 해준다.

〈경향신문〉에 신수정 문학평론가가 기고한 글이라고 했다. 아마 2008년 〈천하일색 박정금〉2008년 MBC 방영과 〈그들이 사는 세상〉2008년 KBS2 방영으로 연기대상에서 상을 받았던 때인 듯하다. 새로울 것 없는 나이 든 배우의 종착지 같은 캐릭터에 '배종옥'이라는 배우가 스며들면 통속성 가운데서도 뭔가 다른 색깔이 배어난다는 이야기일까. 고마운 말씀!

그러고 보면 내가 연기했던, 그리고 내가 사랑했던 나의 여인들이 하나둘 떠오른다.

영화 〈세상에서 가장 아름다운 이별〉민규동 감독, 2011의 '김인희'는 평범한 여인이다. 두 남매의 엄마, 치매에 걸린 시어머니를 모시고 사는 전형적인 우리 시대 어머니다. 남편이 퇴직하면 지방에서 조용히 살 것을 꿈꾸던 그녀가 덜컥 암 선고를 받는다. 그녀는 죽음

을 앞에 두고도 남을 자식과 남편 걱정에 전전긍긍이다. 시어머니
와는 추억도 많았지만 치매라는 병이 자식을 힘들게 할까 그 어머
니를 죽이려는 시도까지 한다. 자신의 행복보다는 가족이 우선이
었던 어머니. 그 여자의 심정을 알고자 간절히도 원했다. 워낙 드
라마로 잘 알려진 작품이라 더 긴장했는지 모른다.

드라마 〈내 남자의 여자〉2007년 SBS 방영의 '김지수'. 교수 남편과
자식 뒷바라지가 행복한 소박한 주부다. 그녀에게 어느 날 청천벽
력 같은 사건이 벌어진다. 자신의 친구와 남편이 사랑에 빠진 것.
대한민국의 모든 아내들이 내 편이 되었다. 내 편이 많다는 게 얼
마나 행복한 일인지 처음 알았다. 당시 촬영장에 나가면 모든 사
람들의 관심을 독차지했다. 드라마가 나의 현실인 양 사람들은 너
나 할 것 없이 내 안위를 걱정해주었다.

"남편이 속 썩여서 마음고생이 심하죠? 그래도 힘내요. 남자는
다 조강지처에게 돌아오게 되어 있어요."

김수현 작가님은 "종옥아! 마른 낙엽이 아스팔트 위에서 바람에
쓸려가는 그런 느낌 알겠니?" 하고 말했다. 그게 뭘까? 그런 느낌
을 어떻게 표현해야 하지? 고민했다. 행복한 고통이었다. 정서적
표현들을 연기로 발현하는 방법을 배웠다.

〈천하일색 박정금〉의 여형사 '박정금'은 어떤가. 주말연속극 수
인공이 아줌마 경찰인 작품은 우리나라 방송 드라마에서 전무했

다. 당시 드라마 전면에 아줌마 형사를 내세우는 건 여러모로 도전이었다. 액션도 배워야 했다. 게다가 연하남과 사랑도 해야 한다. 남성적인 면과 여성적인 면을 함께 부각해야 하는 복합적인 캐릭터였다. 힘들었지만 잊을 수가 없다.

〈바보 같은 사랑〉의 '정옥희' 또한 물론! 옥희의 바보 같은 사랑을 통해 난 새로운 세계를 보았다. 많이 가져도 불행한 사람보다 그녀처럼 아무것도 없어도 행복한 사람이 되고 싶다는 꿈을 꾸었다. 나는 가진 게 많아서 옥희만큼 순수해질 수 없다. 그리고 이미 '방 한 칸에 살아도 사랑하는 사람과 함께라면 행복하다'라고 생각할 나이는 아니다. 그래서 옥희가 더 부러웠는지도 모른다. 그녀가 바라보는 순수하고 깨끗한 세상을 나도 보고 싶었다.

영화 〈질투는 나의 힘〉박찬옥 감독, 2002의 '박성연'은 남은 인생의 어떤 한 순간 그렇게 오롯이 살아보고 싶은 인물이다. 아무 목적도(물론 그 여자도 목적이 있기는 했지만) 누구에게 잘 보이고 싶어 하는 열망도 없는 여자. 늘 부스스한 머리에 잘 씻지도 않고 먹지도 않는다. 먹는 거라곤 뻥튀기가 전부. 사진작가라지만 사진도 대충 찍는 것 같다. 그렇게 부유하듯이 내 인생의 어떤 순간을 무념무상으로 살고 싶었다.

그 인물을 이해하기 위해 쉬는 날에는 씻지 않고 어슬렁어슬렁 걷곤 했다. 담배도 배웠다. 현장에선 언제나 술과 담배가 내 소품이었다. 성연처럼 자고 먹고 걷고 생각하는 동안 나는 또 다른 나의 욕망을 보았다. 성연이는 왜 그렇게 살까? 난 늘 목표가 없으면 재미없다고 입버릇처럼 말했었는데, 성연은 재미없지 않았다. 타인 신경 안 쓰고 시간도 일도 자기 자신도 자연스럽게 두는 것. 어려서부터 배우 생활을 해서 남의 시선에 익숙하다고 말했지만 사실은 아니었나 보다. 성연처럼 완전한 자유인이 되고 싶은 욕망이 내 안에 있었던 것 같다.

그리고 내가 뜨겁게 사랑했던 여자 〈그들이 사는 세상〉의 '윤영'. 악녀지만 사랑하지 않을 수 없는 캐릭터다. 워낙 큰일을 많이 겪어서 일상의 작은 일들은 사건도 아닌 여자. 많은 사람을 사랑했지만 곁에 아무도 없는 여자. 남들이 볼 땐 화려하고 '쎈' 여자지만 수면제 없인 잠들지 못하는 가여운 여자. 그리고 그녀를 사랑하는 순정의 김민철. 젊은 층의 풋풋한 사랑 못지않게 중년층의 굴곡진 사랑이 정겨웠다. 오래전 헤어진(사실은 그녀가 그를 버렸다) 그는 그녀가 좋아하는 센베이 과자를 들고 불쑥 찾아온다. 그들의 사랑이 다시 시작된다. 상처로 얼룩진 그녀 곁에 그가 있었다. 아직도 그들은 서로를 사랑할 것이다.

지금은 나의 여자들이 흐릿하다. 한때 뜨겁게 사랑하고 또 기꺼이 지웠던 시간들이다. 하지만 불쑥불쑥 그때의 그녀들이 내 속에서 나올 때가 있다. 다른 새로움의 얼굴을 하고 말이다.

노희경의
페르소나

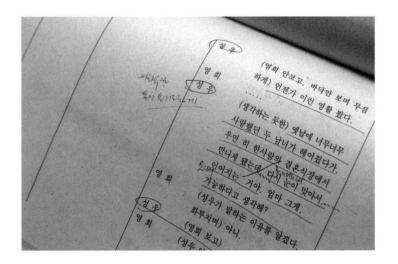

그녀가 창백한 얼굴로 해맑게 웃으며

"그래도 작품 쓸 때가 가장 행복해요"라고 말했을 때

그 말이 내 가슴에 와서 꽂혔다.

1998년 드라마 〈거짓말〉에서 우리는 만났다. 처음 우리를 이어준 건 노희경 작가 어머님이었다. 당시 캐스팅으로 고민하고 있을 때였다. 거의 배우 심혜진으로 맘이 기울었는데 꿈에 어머님이 나타나셨단다. 심혜진은 작가의 고등학교 동창. 심혜진이 웃고 있었고 내가 그 뒤에 있었는데 어머님이 내 손을 잡아다가 작가 손에 쥐여주셨다나. 그녀는 표민수 감독님에게 전화를 걸어서 배종옥으로 결정하자고 제의했다.

우린 처음부터 많이 삐걱댔다. 한번은 녹화 날 작가가 현장을 방문했다. 윤여정 선생님과 나 그리고 그녀는 점심을 먹고 차를 마셨다. 이런저런 얘길 나누다 난 그녀가 본인 얘기를 심하게 하는 것처럼 느꼈다.

"잘난 척을 하는 편이군요."

"뭐요?"

그 사이에서 윤 선생님은 긴장.

"하긴 그러니까 글을 쓰겠죠."

내 말이 끝나기 무섭게 그녀는 내 팔을 물어버렸다.

〈거짓말〉 대본집을 다시 꺼내보았다. 〈거짓말〉에 대해선 다 꿰고 있는 줄 알았는데 대사들이 생소하다. 시간이 많이 흘렀다. 그린데도 내 기억에선 얼마 전이라고 말한다. 기성 배우로서 새로운 도전으로 달려들었던 작품이다. 잘하고 싶었다. 대본의 행간에 나름의 해석들을 적은 글씨가 정겹다.

처음엔 그녀와 표 감독님의 해석과 나의 해석이 달라서 고전했다. 촬영이 시작되고 캐릭터가 잡히지 않아 혼란스러웠을 때는 촬영장에 가는 게 두려웠다. 아침에 눈을 뜨면 아무도 날 찾지 못하는 곳으로 사라지고 싶었다. 사람들의 질타를 즐길 사람은 아무도 없다. 겉으로 드러내지 않을 뿐 그 긴장감과 두려움은 때로 공포로 다가오기도 한다. 처음 그녀가 전화를 걸어 연기 지적을 할 때도 "네"라고 말했지만 그건 쿨한 게 아니었다. 그렇게밖에 말할 수 없기 때문이었다. 마냥 신인 배우처럼 그걸 인정한 거다. 현장에서도 표 감독님의 속앓이가 이만저만이 아니었다고 들었다. 주인공이 흔들리면 작품 전체가 흔들릴진대 얼마나 노심초사했을지.

그런데 회를 거듭할수록 치밀하게 계산된 연기의 방법과 계획들이 맞아떨어지면서 나의 연기는 자리를 잡아갔다. 지금까지와는 다른 연기를 하는 내 모습을 보면서 나 스스로도 놀랐다. 그때 '이런 거구나, 공부를 한다는 것이 이렇게 차이가 나는구나'를 알게 됐다. 연기를 하는 게 재미있었다. 그녀와 표 감독님도 더 이상 내 연기에 대해 걱정하거나 지적하지 않았다. 내가 드라마에 집중하면서 노력하고 있다는 걸 그들도 인정해주었다. 그즈음 드라마를 위해 준비하고 공부한 노력이 서서히 드라마를 지지하는 힘으로 움직였던 거다.

그녀와는 가끔 만났다. 〈거짓말〉은 처음부터 작품성 있는 극본으로 호평받았고 이미 20회 대본이 완료된 상태였기에 작가의 작업이 비교적 쉬울 거라고 참 쉽게도 생각했다. 하지만 그녀가 얼마나 힘들게 작업을 하는지, 또 세상에 대해 얼마나 두려워하는지를 알게 되었다. 나만 힘든 게 아니구나. 다들 힘들구나.

그녀가 창백한 얼굴로 해맑게 웃으며 "그래도 작품 쓸 때가 가장 행복해요"라고 말했을 때 그 말이 내 가슴에 와서 꽂혔다. 작품이 이해되지 않아 머리를 짓찧으며 울었던 나의 지난 시간들이 떠올랐기 때문이다. 이 작품을 만났다는 게 내게 행운이었다. 그녀를 이해하니 내 작업이 더 순조롭게 풀려나갔다.

그녀는 이야기꾼이다. 〈거짓말〉에는 극 중 서준희와 은수가 살던 뉴욕의 아파트 장면이 나온다. 호수가 보이는 작지만 예쁜, 그림 같은 집. 난 그런 곳이 정말 있는 줄 알았다.

"뉴욕에 그런 곳이 있어요?"

"아뇨, 내가 만든 얘기예요."

놀랐다. 그곳에 대한 묘사가 사실적이고 아름다워서 그녀가 잘 아는 곳이라고만 생각했다. 이야기를 만드는 사람은 다르구나!

그녀는 항상 드라마 이야기뿐이다. 앉으나 서나 작품 구상 중. "이런 이야기는 어때요?" 하면서 아이디어를 쏟아내곤 했다. "재밌겠다" 한마디면 신이 나서 밤새도록 이야기를 한다. 작품 이야기가 아니면 뭐든 그냥 심드렁해진다. 눈이 피곤하게 풀리고 세상 만사 재미없다는 식이다. 드라마 작가로 타고난 걸까?

그녀는 시를 전공했다. 학교 선배가 그녀의 재능을 알아본 건지 드라마 작가 연수원에 추천했고, 연수를 마치고 방송작가가 된다. 자신조차도 드라마에 재능이 있는지 몰랐단다. 단편 한 작품을 끝낸 뒤 1996년 MBC 4부작 드라마 〈세상에서 가장 아름다운 이별〉로 하루아침에 이름을 날린다. 말기 암을 앓는 중년 부인과 가족의 이야기를 다룬 그 드라마 이후 박종 감독님과는 1997년 생애 첫 장편 드라마에 임한다. 〈내가 사는 이유〉를 쓸 당시 이야기를 못 쓰면 어쩌나 겁이 났다고. 감독님과 작품 구상차 떠난 현장에서 감독님의 한 말씀.

"네 일이야!"

거기서 정신이 번쩍 들었다고 했다.

"그래, 내 일이지. 내가 쓰는 거지."

게다가 감독님은 "노희경은 멜로는 안 돼"라고 했다던가. '그 멜로 내가 써보겠다' 이를 악물고 쓴 작품이 바로 〈거짓말〉이었던 것.

다음 작품은 〈바보 같은 사랑〉이었다. 시청률은 참패였지만 가슴 훈훈한 드라마였다. 작디작은 일상, 소소한 이야기들, 우리 가운데 누가 봉재공장 사람들의 사랑 이야기에 관심이나 있겠는가? 어쩌면 제작 단계에서 시청률은 예정되었는지 모른다. 그래도 우리는 열심히 했다. 그들에게도 소중한 사랑이 있다고, 그 사랑이 아름답다고 말하고 싶었다. 멋진 레스토랑에서 프러포즈를 하고 눈동자만 한 다이아 반지를 받지 않아도 그것보다 더 가슴을 울리는 마음이 있다고, 극 중 '옥희'가 되어.

이후에 난 노희경의 페르소나라는 이름을 갖는다. 〈꽃보다 아름다워〉2004년 KBS2 방영 〈굿바이 솔로〉2006년 KBS2 방영 〈그들이 사는 세상〉 〈그 겨울, 바람이 분다〉2013년 SBS 방영에서 각기 다른 캐릭터들을 소화하면서 배우로서 스펙트럼을 넓혀갔다.

특정 작가의 배우라는 이미지는 좋기도 하지만 때론 부담이 되기도 한다. 그녀의 작품을 통해서 다양한 역할을 할 수 있었다는 게 배우로서 참 행복했던 것은 사실이다. 날 믿어주는 작가가 있다는 게 배우에겐 큰 힘이 된다.

그렇다고 그녀의 드라마만 한 건 아니다. 그런데 다른 작가들 작품도 좀 하라고 사람들이 말한다. 다른 작품들도 많이 했는데 유독 그녀의 작품에서 내가 좀 더 두드러져 보인 건가 싶다. 굳이 필요도 없는데 아는 사이라고 작품을 하고 싶지는 않다. 그녀가 새 작품에 들어갈 때면 사람들이 묻는다.

"이번에도 같이하죠?"

"아뇨, 연락 없는데요. 내기 할 역할이 없나 보죠."

"늘 같이하는 거 아니었어요?"

"네, 우린 서로 잘 안다고 같이 일하는 건 하지 말자고 했어요."

얼마 전 방영한 그녀의 드라마 〈디어 마이 프렌즈〉를 시청자로서 얼마나 재미있게 봤는지 모른다. 때마침 미국에 머물고 있었는데 방송하는 날이 되면 딸아이와 컴퓨터를 켜고 그 시간만을 기다렸다. 또 사람들에게서 질문이 이어졌다.

"이번엔 왜 안 했어요?"

"내가 할 역할이 없었잖아요."

"그냥 아무 역할이라도 하나 써달라고 하지 그랬어요?"

"하하. 그럼 안 되죠."

역시나 그녀 작품 가운데 내가 있을 때 친숙함을 느끼는 걸까.

나는 서른아홉 살 때 어머니가 돌아가셨다. 열두 살 때 아버지를 여의고 엄마와 오랜 시간을 함께 살았다. 이혼 후 아이 키우기와 살림을 도맡아 해주던 엄마의 부재는 생각 이상으로 힘들었다. 난 '생활'이라는 것을 아무것도 몰랐다. 마음을 둘 곳이 없었다.

그때 그녀의 소개로 정토회에서 마음공부를 시작했다. 방송 계통에서 일하는 사람 여섯 명이 모여 '길벗'이라는 모임을 만들었다. 우리는 매일 108배를 하면서 자기 마음 바라보기를 했다. 처음엔 100일만 하자고 시작했는데 벌써 10년이 훌쩍 지났다.

마음공부를 하면서 많이 울었다. 지난 시간들을 참회하자니 눈물이 끝도 없이 나왔다. "내가 옳다는 착각을 내려놓겠습니다"를 되뇌면서 매일매일 절하는 시간이 고통스러웠다. 세상으로 쏟아내던 화살을 내 안으로 돌리자니 반항심도 생겼다. '내가 뭘 그리 잘못했어? 그럼 남들은 안 그래? 난 누군가에게 사기 친 적은 없어, 세상이 힘들어 모든 게 내 맘 같지 않아.'

그래도 날마다 108번씩 머리를 숙였다. 우리는 공부를 하면서 마음속 깊은 상처들을 함께했다. 스스로도 몰랐던 뿌리 깊은 습들이 불쑥불쑥 올라올 때마다 서로를 부둥켜안았다. 너무 여려서 닿기만 해도 벗겨질 것 같던 속살이 마음공부로 서서히 단단해졌다.

그 뒤 우리의 작은 재능으로 세상의 어두운 곳을 위해 봉사하자는 원을 세웠다. 드라마 〈우리를 행복하게 하는 몇 가지 질문〉2007년 KBS2 방영을 만들어 수익금을 기부했다. 그리고 1달러 미만으로 사는 아이들을 돕는 거리 모금을 1년에 두 번 한다. 명동에서 5월 5일 어린이날과 12월 크리스마스에 하는 모금에 이젠 후배들도 제법 많이 모인다. 모금한 돈은 필리핀과 북한 어린이 그리고 인도의 어린이를 위해 쓴다. 학교를 짓고 식량을 지원하고 깨끗한 식수 공급을 위해 우물도 팠다. 봉사는 어려운 사람을 돕는 일이지만 결국엔 우리를 행복한 사람으로 만들어주었다.

작품으로 만나서 삶을 함께한 나의 친구 노희경. 그녀와의 인연은 단지 일하는 파드너라고 말하기엔 어닌지 많이 부속하다. 첫 만남부터도 예사롭지 않다. 이것을 운명이라 말해도 될까?

후회 없이
미련 없이

하고 싶어서 선택해야 어떤 순간이 와도
후회가 없다. 미련도 없다.
그게 내가 행복해지는 길이었다.

"작품 선택의 기준은 뭔가요?"

"내가 하고 싶고 끌리는 거요."

"그게 구체적으로 뭐예요?"

"내가 좋아하는 내용이죠. 그건 그때그때 달라요. 내 생각은 늘 변하니까요. 좀 더 명확히 얘기하자면 작품 속에 질문이 분명했으면 좋겠어요. 물론 그 질문이 내가 좋아하는 것들이면 더 좋죠."

"좋아하는 거라면 어떤 것들을 말하는 건가요?"

"인간에 대한, 사랑에 대한, 가족에 대한 치열한 질문과 대답 같은 것? 적당히 그림으로 상황을 설명하려는 작품들 말고요. 처절하게 부딪치면서 아프면서 찾게 되는 그런 것들?"

인터뷰에서 자주 맞닥뜨리는 상황이다. 애매모호한 대답이라도 이렇게밖에 말할 수 없다. 작업하는 동안 그 시간 전부를 작품에 쏟아야 직성이 풀리는 성격이라 날 설득하지 못하는 작품은 죽어도 할 수 없다. 욕을 먹더라도 하고 싶지 않은 건 안 한다. 돈벌이가 안 되어도 하고 싶은 건 한다. 하고 싶어서 선택해야 어떤 순간이 와도 후회가 없다. 미련도 없다. 그게 내가 행복해지는 길이었다.

한 드라마 이야기를 해볼까. 시청률이 30퍼센트에 이르렀고 드라마 주제곡도 크나큰 인기를 끈 작품이었다. 그런데 문제는 그 안에서 내가 행복하지 않았다. 내 역할 때문이 아니다. 제작 방식이 갸우뚱했다. 월화드라마인데 대본이 금요일부터 쪽지로 몇 장씩 주어진다. 현장에서 온종일 기다리면서 앞도 뒤도 모르는 쪽지 대본을 받아 스태프는 금요일부터 밤샘 촬영을 한다. 화요일 방송분을 당일인 화요일 오후까지 찍어야 겨우 완성된다. 같이 작업하는 사람들에 대한 배려는 온데간데없이 시청률만 올리면 끝인 걸까. 종국에는 대사도 없이 뮤직비디오처럼 그림들만 이어붙여 방송되었다. 작품에 대한 고민도 없이 현장에선 찍기 바빴고, 작가는 시청자들 입맛 맞추기에 급급했다. 드라마 〈그들이 사는 세상〉에 나오는 얘기는 전부 사실이다.

그 작품 이후 난 의미 없는 사랑 이야기는 하지 않겠다고 결심했다. 물론 좋은 제안도 많았지만 내 몫이 아니라고 여겼다. 내가 걸었던 길이 쉬운 길은 아니었나 보다. 그 덕분이겠지만 난 시청률이나 흥행에는 도무지 자신이 없다.

한번은 공항에 딸아이를 마중 나갔다가 커피를 한 잔 사는데 주문을 받던 직원이 "영화 〈러브토크〉^{이윤기 감독, 2005} 잘 봤어요" 하면서 수줍게 웃었다. 하마터면 울 뻔했다. 〈러브토크〉는 극장에 일주일 정도 걸렸는지 모르겠다. 대다수가 보지 못한 영화지만 단 몇 사람이라도 함께했다는 사실이 퍽 위안이 되었다.

영화 〈질투는 나의 힘〉을 상영할 때다. 어깨에 힘 좀 주면서 동료들을 데리고 영화관을 찾았다. 그날은 〈질투는 나의 힘〉을 상영하지 않는단다.

"왜 안 해요?"

"오늘은 상영관이 없습니다."

"왜요?"

"저희야 모르죠."

얼마나 민망했는지 모른다. 안 나가는 영화의 비애다. 그럼에도 이제까지 배우 생활을 할 수 있다는 게 다행이다.

작품을 선택할 때면 매니저들과 종종 대립하게 된다. 일단 무서운 작품은 싫다. 영화도 무서운 건 안 본다. 그 영상이 오래도록 날 괴롭히기 때문이다. 한번은 매니저가 들고 온 시나리오를 읽고는 잘라 말했다.

"읽는 걸로도 이렇게 무서운데 어떻게 작품을 찍니? 안 할래."

"뭐가 무서워요? 이 정도면 작품 잘 나온 거예요. 해요, 선배."

"못한다니까? 시나리오 읽은 날 꿈에도 나왔어. 이런 고통을 찍는 내내 느낄 텐데, 너 내가 병나면 어떡할래?"

그 친구는 내가 장난하는 줄 안 모양이다. 워낙 오랫동안 같이 일했던 친구라 동생이나 같았다.

"요즘 이만한 작품도 없어요. 그냥 해요. 선배에게 좋은 작품인 것 같아요."

"무서운 거 싫어. 다른 작품은 없니?"

"어떤 거요?"

"가슴이 따뜻해지는 이야기, 아니면 재밌는 이야기, 아니면 로맨틱코미디. 외국 영화에는 많잖아. 〈인생은 아름다워〉〈프랭키와 자니〉〈어느 멋진 날〉……."

"선배! 우리나라 상황 잘 알잖아요. 그런 영화가 어딨어요. 없어요. 선배가 주인공이고 아들을 지키려는 모성애가 돋보이는 작품이잖아요, 이 작품 해요."

"그러면 뭐해, 과정이 잔인한데. 이런 영화는 이제 그만 만들었음 좋겠어."

"그럼 영화 없어요!"

그 친구는 있는 대로 성질을 부리고는 가버렸다. 얼마 뒤 영화 〈허브〉허인무 감독, 2007 시나리오가 들어왔다.

"봐, 있잖아! 왜 알아보지도 않고 없대?"

"그 작품은 선배가 이끌어가는 작품이고 이건 아니잖아요. 물론 중요한 역할이지만 그래도 다르죠."

"난 〈허브〉 할래!"

언젠가는 배우 조재현이 전화를 걸어왔다. 느닷없이 한마디.

"그 돈 벌어서 다 뭐하려고 그래?"

"무슨 말이야?"

"연극하자."

"작품이 뭔데?"

"보낼 테니 읽어봐."

〈세임 타임 넥스트 이어〉였다. 어느 여름날, 아름다운 휴가지에서 우연히 가정이 있는 남자와 여자가 만난다. 첫눈에 반한 그들은 매년 같은 시간, 그 장소에서 휴가를 보낸다. 한여름의 밀회는 계속된다. 둘은 사랑하지만 서로를 소유하지 않는다는 이야기.

"좋은 작품인 건 알겠는데 난 못하겠어."

"왜?"

"글쎄, 남녀의 사랑 이야기라면 감정이 더 치열했음 좋겠어. 그런 게 안 느껴지던데?"

"까다롭긴…… 그럼 무슨 작품 하고 싶어?"

"2인극? 사랑 이야기라면 좀 더 치열한? 여러 가지로 생각할 수 있는 연극?"

"이 작품이 딱인데?"

"글쎄, 딱 맘이 끌리지가 않아……. 〈욕망이라는 이름의 전차〉는 어때? 고전이라 부담이 커서 안 되겠지?"

"여배우들은 블랑쉬에 목매더라."

"여배우라면 꼭 해보고 싶은 역할이지. 재현 씨가 〈에쿠우스〉의 알런에 집착하듯이."

재정적인 부담 탓에 연극 〈욕망이라는 이름의 전차〉 프로젝트는 쉽게 뛰어들지 못할 거라고 생각했다. 그런데 얼마 후 다시 연락을 받았다. '연극열전'에서 고전을 올리자는 의견이 있어 이 작품을 추진하기로 했다는 것.

솔직히 고백하자면 연극은 내게 쉽지 않은 무대다. 일단 무대라는 매체가 익숙하지 않아서 불안하다. 물리적인 시간과 에너지를 쏟아야 한다는 부담감 또한 크다. 그래선지 연극만큼은 내가 오롯이 공부할 수 있는 작품을 하고 싶었다.

막상 연극 무대에 선다고 하니 부담이 밀려들었다. 연습하는 두 달 동안 '블랑쉬'라는 인물의 중압감에 잠을 이룰 수가 없을 정도였다. 연극계에선 또 얼마나 말이 많을까? 아무래도 연극배우 출신이 아니다 보니 그런 부분까지도 신경이 곤두섰다. 배타성을 설득할 만한 힘은 내가 만들어야 했다. 역할에 대한 부담과 함께 외부적인 압력에 더 맘고생이 심했다.

그래도 했다. TV 드라마에선 베테랑이지만 연극 무대에선 신인이나 같았던 나는 서서히 무대에 적응해갔다. 연극이라는 또 하나의 강을 건너야 했다. 매체가 다르다 보니 연기를 풀어가는 방식도 달랐다. 연극계 선배에게 개인 교습을 받았고 같은 작품에 임하는 후배의 도움 또한 받았다. 그렇게 블랑쉬를 보내고 나니 부쩍 큰 나를 발견할 수 있었다.

그러다 몇 년 후 연극 〈레드〉를 보게 되었다. 미국 표현주의 화가 마크 로스코와 그의 조수 켄이 펼치는 무대는 자못 압도적이었다. 구시대와 현재의 만남은 충돌하기도, 조화를 이루기도 하면서 90분 동안 종횡무진 무대가 움직였다. 로스코의 인터뷰를 중심으로 쓰인 희곡이라서 그런지 그의 고독은 그대로 무대에 표현됐다. 무대 전체를 덮을 만한 커다란 캔버스에 붉은색을 칠하는 장면은 압권이었다. 무대에서 한순간도 시선을 뗄 수 없었다. 숨이 멎을 것만 같았다. 연극이 끝나고 강신일 선배님께 인사를 하러 가는데 무대 뒤에서 나는 쿰쿰한 곰팡이 냄새가 문득 나를 일깨웠다. 연극을 다시 해야겠구나!

마침 얼마 후 반갑게도 '연극열전'에서 연락이 왔다. 프랑스 소설인데 구조만 가져오고 연출가가 직접 희곡을 쓴 창작극이라고 했다. 아무래도 창작극은 검증되지 않은 작품이라 불안한데 작품도 완성된 상태가 아니었다. 당시 조재현은 예술의전당 자유소극장을 대관해둔 상태였다. 다른 작품을 준비했는데 여의치 않았고 이 작품은 연출가가 직접 집필할 수 있다고 하니 최종적으로 낙점한 상태였던 거다.

그렇게 우린 〈그와 그녀의 목요일〉에 뛰어들었다. 〈그와 그녀의 목요일〉은 오랜 시간 서로를 알아온 남녀가 매주 목요일마다 자신들만의 추억을 주제로 대화를 나누는 모습을 담았다. 주인공들이 나누는 지적인 대화 속에서 남녀의 심리가 심세하게 그려지며, 현대를 살아가는 남녀들이 공감할 만한 인생관, 사랑관이 세련되게 펼쳐진다. 예술의전당 자유소극장 사상 최대 관객이 들었다고 했다.

드라마 배우가 연극을 한다는 건 역시나 쉽지 않은 선택이다. 〈욕망이라는 이름의 전차〉를 보고 난 뒤 아는 교수님 한 분이 "TV에선 카리스마가 넘치는데 무대에선 왜 그렇게 안 보이죠?"라고 말했다. "무대에 익숙한 배우가 아니니까 그런가 보죠" 하고 대답했지만 난 알았다. 내 연기가 대단하지는 않았다는 말이었다. 그분이 〈그와 그녀의 목요일〉을 보고 나서는 "딱 교수님 역할이네요" 했다. 그럼 이제 내가 건너야 할 강은 내 캐릭터를 넘어서는 역할을 잘 해내는 거다. 목표가 생겼다.

드라마는? 〈꽃보다 아름다워〉〈내 남자의 여자〉〈천하일색 박정금〉〈그들이 사는 세상〉, 그 외에도 많은 작품을 원 없이 했다. 모든 작품이 성공한 것은 아니다. 2014년 〈12년만의 재회: 달래된, 장국〉JTBC 방영은 시청률 저조로 조기 종영했다. 2013년 〈원더풀 마마〉SBS 방영도 참 좋은 소재였는데 안타깝게 막을 내렸다.

시청률이나 관객 수만을 따지자면 내가 선택한 작품들이 다 좋은 성적을 낸 건 아니다. 대중성이라는 면에선, 내 선택이 반드시 옳지는 않았다. 하지만 좋은 작품이라는 평가는 받았다. 좋은 작품이라는 평가에 시청률도 좋을 땐 정말 신이 난다. 그럴 때 배우도 빛이 난다. 하지만 그런 행운이 나에게만 오는 건 아닐 테니, 내 기준에서 선택하고 그것을 좋은 작품으로 만드는 일에 목표를 둔다.

후회 없이, 미련 없이. 이제는 두 마리의 토끼를 잡고 싶다는 꿈을 꾼다. 꿈은 이루어진다는 말, 참 좋다.

지금의 삶을 다시 한 번

똑같이 살아도 좋다는 마음으로

엄마의
시간

만약 시간을 되돌릴 수 있다면,

난 제일 먼저

엄마 있는 시간으로 가고 싶다.

엄마는 나를 마흔두 살에 낳았다. 아이를 낳기에는 무리인 나이라서 낳지 않으려고 몇 번을 병원에 갔었단다. 의사 선생님이 말했다고 한다.

"이 아이는 꼭 낳아야 합니다. 그래야 산모도 건강하고 집안도 잘될 거예요."

그 권유에 어쩔 수 없이 낳은 딸이 나다. 나는 6남매의 막내로 아버지의 사랑을 독차지하면서 자랐다. 딸이어서도 그랬지만 날 낳고 아버지의 사업이 번창한 덕분이었다. TV가 귀하던 시절, 동네 사람들이 TV를 보러 우리 집 마당에 모이곤 했다. 집도 넓혀서 용산으로 이사를 했다. 아버지는 나를 복덩이라 불렀다. 초등학생 때는 학교에서 집에 오면 아버지는 날 업고 다닐 정도였다. 내 생일엔 귀한 케이크와 과일로 상을 차려주었다. 케이크를 일반 가게에서 팔지 않던 때였다. 지금 기억해보면 케이크라고 하기에도 겸연쩍다. 좀 큰 동그란 카스테라 빵에 흰 설탕 시럽을 얹은 정도였으니. 그것도 집이 용산이어서 가까이에 있던 미군 부대에 아는 사람을 통해서 구한 것이다. 동네 친구들은 날 많이 부러워했다.

내 별명은 '메주'였다. 앞으로 톡 튀어나온 이마가 얼굴을 반이나 차지했다. 코는 트럭이 지나간 것처럼 구멍만 있었다고 했다. 그래도 언니들은 날 업고 "내 동생 예쁘지?" 하고 다녔다는데 그렇게 물으면 친구들은 항상 아무 말이 없었다고 한다. 내가 탤런트가 되고서 언니의 친구들이 제일 먼저 하는 말이 "걔가 종옥이야?" 물었을 정도라니. 그래도 부모님은 나를 '세상에서 젤 예쁜 딸'이라 부르셨다. 여섯 살 무렵 난 KBS 어린이 동요 합창 프로그램인 〈누가누가 잘하나〉에 출연했다. TV에 내 모습이 나오는데 이마밖에 안 보였단다. 다들 내 이마를 놀려대는데 부모님은 '대빡 이마가 잘산댄다' 한마디로 일축했다.

그렇게 날 예뻐해주던 아버지는 암으로 3년을 고생하다가 돌아가셨다. 그때가 초등학교 5학년이었다. 난 아버지가 없다는 게 뭘 뜻하는지 몰랐다. 아버지가 돌아가시고 집안 형편은 급격히 어려워졌다. 늘상 친척들로 북적대던 집이 조용했다. 여자 혼자 아이들 다섯을(큰언니는 결혼했다) 키운다는 게 힘든 시절이었다. 한때는 동네에서 잘사는 집이었는데 아버지가 돌아가시고 모든 사업을 접으면서 가세가 기울고 친척들에게 외면받으며 막막했을 엄마의 심정을 생각하면 지금도 마음이 아프다.

엄마는 삶이 막막하고 힘들 땐 아버지 산소에 가서 한참을 울었다고 한다. 그렇게 몇 달을 정신없이 울고 다니는데 산소에서 내려오는 길에 뱀이 따라왔다고 했다. 뱀을 제일 무서워하던 엄마는 '나 찾아오지 말고 자식들하고 열심히 살아!'라고 아버지가 말하는 것 같았다고. 그 후로는 아버지를 찾지 않고 이를 악물며 살았다고 했다.

지금도 기억난다. 어느 날인가 엄마가 용산시장에서 장사하는 친구 집 앞에 좌판을 벌여놓고 나물을 팔던 모습. 친구들과 놀러 갔다가 엄마의 모습을 보고 어린 맘에도 엄마가 애처로웠다. 우리 엄마가 왜 저기서 장사를 하고 있지?

결국 얼마 지나서 우린 집을 팔고 신림동으로 이사했다. 당시 신림동은 서울대가 생기면서 새집들이 많이 지어졌다. 엄만 집을 사고 얼마 살다가, 그 집이 오르면 집을 다시 팔고 남는 돈으로 생활을 이어갔던 것 같다. 집을 계약할 때나 팔 때면, 복덕방 아저씨들이 업신여길까 봐 남편이 바람나서 다른 여자랑 살고 있다고, 언제든 부르면 오긴 한다고 거짓말을 했다.

그러다가 돈을 좀 모아 서소문에서 조그만 찻집을 차렸다. 쌍화탕, 갈근차, 잣죽, 깨죽이 주메뉴였다. 쌍화탕이나 갈근차는 경동시장에서 직접 약재를 사다 집에서 밤새도록 달였다. 일흔이 넘은 나이까지 건강한 게 그때 먹은 쌍화탕 덕분이라고 말씀하실 정도로 차에 정성을 들이셨다. 원래도 음식 솜씨가 좋았지만 장사에도 일가견이 있었다.

"내가 먹는다고 생각하고 만들면 돼. 조금만 더 줘도 사람들은 금방 알거든."

1970년대 말 1980년대 초 서민들은 먹고살기가 힘들었다. 신문엔 가장들이 옥상에서 투신자살하는 기사가 심심찮게 나왔다. 엄마도 경기가 안 좋을 땐 빚을 지기도 했다. 그래도 엄마가 우리에게 돈이 없다고 말했던 기억은 없다. 넉넉하진 않았지만, 내가 하고 싶은 걸 돈 때문에 못 해본 적은 없었다.

형제들이 많았어도 나이 차가 커서 고등학생 때부터는 엄마와 단둘이 살게 됐다. 고3 때 집에서 공부를 하고 있으면 9시쯤 전화가 온다.

"엄만데 내려와, 호프집으로."

근처에 서울대가 있어 우리 동네엔 맥줏집이 많았다. 생맥주 500시시와 튀긴 닭다리 한 개씩을 먹었다. 엄마는 어린 딸과 그렇게 고된 하루의 피로를 풀었다.

어린이날이면 머리맡에 하얀 편지봉투가 놓여 있다. 5,000원을 줘도 꼭 봉투에 넣어서 주셨다. 일요일이면 새벽마다 목욕을 갔다. 서로 등의 때도 밀어주고 발톱도 때밀이로 깨끗이 닦아주셨다. 그리고 난 엄마의 파워로 오빠의 반대를 물리치고 연극영화과에 갔다. 엄마는 여장부셨다.

탤런트가 되고서 한 업체의 광고 모델이 됐다. 당시 1년 전속료가 1,000만 원이었다. 그 돈으로 빚 600만 원을 갚고 엄마는 장사를 접었다. 그러고는 내 뒷바라지를 해주셨다. 그때 나이가 예순네 살이었으니까, 자신이 날 도울 수 있는 건 따뜻한 밥을 해주는 거라고 생각한 것 같다. 새벽 4시에 촬영을 나가도 갓 지은 뜨끈한 밥을 해주셨다. 뜨거운 것을 잘 못 먹던 나는 시간은 없는데 빨리 먹지 못해 늘 짜증을 냈지만 엄만 "따뜻하게 먹어야 안 춥게 일하지" 말했다. 현장에 나가면 밥을 챙겨 먹고 나온 건 나뿐이었다.

삐삐도 휴대폰도 없던 시절, 모든 일거리는 집 전화로 통했다.

"죄송해요, 시간이 안 되어서 못 하겠어요. 어쩌죠, 그날은 촬영이 있어요, 안 되겠는데요."

일들을 거절하던 내게 엄마는 "종옥아, 그거 내가 하면 안 되겠니?" 하신다. 엄마는 잘 웃는 사람이었다.

탤런트가 되고서 2년쯤 되었을 무렵 큰오빠가 보증을 잘못 서 우린 집을 날렸다. 엄마와 난 대충 입을 옷만 챙겨서 야반도주를 감행했다. 가세가 기울었어도 남의집살이를 해본 적이 없던 엄마와 난 사글세 아파트 생활을 시작했다. 여기저기 이사를 다녀야 했다. 그때 소원이 '나도 내 방이 있는 조그만 아파트에 살면 좋겠다'였다.

그러다가 〈왕룽일가〉 이후 이름이 알려지면서 엄마와 난 돈 걱정은 안 하고 살게 되었다. 꿈에 몇 번인가 아버지가 나타나셨다. 그다음 날이면 광고 계약으로 엄청난 돈을 벌곤 했다. 엄마와 난 사당동에 45평 아파트를 샀다. 드디어 우리 집이 생겼다. 힘든 시간을 서로를 의지하면서 같이 이겨냈다. 엄만 온 세상을 다 얻은 것처럼 행복해하셨다. "내 딸이 얼마나 효녀라구. 네가 번 돈이니까, 널 위해서 너 하고 싶은 거 다 해라" 하면서 내 수입에 대해서도 전혀 묻지 않으셨다. 엄만 날 남편처럼 기대면서 사셨다고 한다. 그러던 내가 이혼을 하고 딸아이와 함께 다시 엄마와 살게 되었다.

엄마의 자랑거리였던 내가 엄마의 보살핌을 다시 받아야 하는 사람이 된 것. 아이 키우기는 철저히 엄마의 몫이었다. 엄만 내 딸 고생시키면 안 된다면서 내 딸을 자신의 딸보다 더 엄하게 교육했다. 아이가 모든 부분에서 모자람이 없기를 바라셨다.

한번은 아이를 "마리아!" 하고 부르셨다. 한창 말을 안 듣는 다섯 살 즈음이었던 것 같다. 아이가 속을 썩여도 좋은 이름으로 불러줘야 잘된다는 게 그 이유였다. 엄마의 도움으로 난 일에만 전념할 수 있었다. 아이와 집안일로 걱정해본 기억이 없다. 늘 엄마는 모든 일을 알아서 다 해주셨으니까.

그러던 어느 날, 엄만 암 진단을 받았다. 70대 중반의 나이였다. 드라마 〈바보 같은 사랑〉을 촬영할 때였다. 전화가 걸려왔다. 병원인데 엄마가 많이 안 좋다고. 난 눈물이 나서 도저히 촬영을 할 수가 없었다. 그날 촬영을 접고 병원으로 뛰어갔다. 길어야 4개월 산다는 진단. 그렇게 정정하던 엄마가 암이라니 도저히 믿어지지가 않았다.

우리 가족은 대체의학으로 치료를 돌렸다. 그 치료가 맞았는지 엄만 2년 6개월을 더 사셨다. 돌아가실 때까지 고통도 없었다. 2002년 월드컵이 한창일 때 빨간 티셔츠를 입고 응원도 열심히 하셨다. 가을에는 온 가족이 내장산으로 단풍 구경도 갔다. 꽃처럼 예쁜 단풍을 보면서 흥에 겨워 노래도 한 곡 뽑으셨다. 엄만 마지막까지도 자신이 암인지 모르셨다. 뭔가 짐작은 했어도 알려고 하지 않으셨고 우리도 말하지 않았다. 돌아가시기 얼마 전 엄마는 내게 말했다.

"난 너랑 닭다리에 맥주 마시던 그 시절이 가장 행복했었다."

"그때가 뭐가 행복해? 엄마가 얼마나 고생했는데…… 밤새워 약 달이고 새벽에 나가서 밤늦게까지 일하고."

"아냐, 좋았어. 내가 돈 벌어서 내 딸 맛있는 거 사주고…… 네가 예쁘게 크는 거 보는 게 얼마나 좋았는데."

하필 엄만 왜 그때가 생각났을까? 생활력이 강했던 엄마는 자신의 힘으로 살았던 그 시절이 힘들었어도 좋았나 보다. 그해 11월 말 엄만 편안히 하늘나라에 가셨다. 마지막까지도 딸아이를 중학교까지는 키워주고 싶었는데 미안하다는 말씀이셨다.

난 엄마에게 효녀는 아니었던 것 같다. 엄만 늘 "내 딸은 효녀야. 넌 나 죽어도 울지 마라. 할 만큼 다 했으니까"라고 말씀하셨지만. 정말 내가 할 만큼 다 했나? 돈만 가져다주면 할 만큼 다 한 건가? 그런 생각이 들면 엄마가 더 보고 싶다. 이젠 잘할 수 있는데 엄만 내 곁에 없다.

엄마에게 제일 고마운 건 어려운 살림에도 내 대학 교육을 포기하지 않은 점이다. 대학에 가지 않았다면 내가 지금 여기 있을 수 있을까? 내성적인 성격에 어디 가서 배우 하고 싶다고 말하지도 못했을 것이다.

하지만 돌이켜보니 막상 배우가 된 후로 엄마와의 사이는 더 멀어졌다. 나에게 예상치 못한 일들이 생겼다. 배우가 된다는 건 단지 연기만 하는 게 아니었다. 내 연기가 평가받고 얼굴과 이름이 TV와 신문에 연일 보도된다. 처음엔 인기를 얻는다는 게 어떤 건지 잘 몰랐다. 여기저기서 나를 알아본다는 게 신기했다. 하지만 내가 하는 모든 행동이 말거리가 되는 게 불편했다. 당연히 예순을 훌쩍 넘긴 나이 든 엄마는 내가 겪어야 하는 일을 자세히 몰랐다. 몸으로 힘든 건 얼마든지 괜찮았다. 정신적으로 힘든 걸 엄마와 나눴으면 훨씬 가벼웠을까? 그건 아직도 잘 모르겠다.

연기 시작하고 3년간 배우로 방황할 때도 엄마에게 힘든 마음을 비치지 않았다. 차라리 엄마가 몰랐으면 했다. 나 혼자 힘들면 되지, 말하면 괜히 엄마 걱정거리만 되는 거야, 라고 생각했다. 인간관계가 힘들었을 때도 마찬가지였다. 난 집에 가면 깊은 잠에 빠져들었고 일어나면 일하러 나오기 바빴다. 일이 바빠질수록 말수도 적어졌다. 대신 엄마가 하고 싶다는 건 다 해드리려고 노력했다. 여행을 좋아하셨던 엄만 일흔부터 세계 여행을 다니셨다. 장관 아들 하나도 안 부럽다며 엄마가 행복해하는 모습을 보는 게 좋았다.

하지만 그렇게 살가운 딸은 아니었다. 언제던가 엄마랑 제주도 여행을 했다. 로비를 걸어가는데 나는 앞서고 엄만 뒤에서 오고 있었다. 어떤 분이 슬쩍 "엄마랑 손잡고 가시면 더 좋아하실 거예요"라고 말했다. "아, 네" 했지만 난 그냥 걸었다. 새삼 엄마랑 손잡고 걷기가 쑥스러웠다.

한번은 엄마가 말했다. "TV에서 웃는 것처럼 내 앞에서도 웃어주면 좋겠다"라고. 엄마 앞에선 무뚝뚝한 딸이었나 보다.

내가 자주 가는 옷가게가 있다. 친분이 있는 디자이너가 차린 가게로 지금은 큰딸이 경영과 영업을 담당한다. 가끔 시간이 나면 그 집에 가서 시간을 보내곤 했다. 늘 엄마와 딸은 의견 차이가 좁혀지지 않는다.

"우리 엄마는 한 번도 후회해본 적이 없으시대요. 말이 돼요, 선생님?"

"내가 뭘 잘못해서 후회를 하니?"

"엄만 그게 문제야. 사람이 살면서 자신을 되돌아봐야 하는 게 맞지 어떻게 후회가 없어?"

문득 내 생각이 났다. 나도 엄마와 무슨 일인가로 큰 소리를 내면서 싸웠던 기억이 있다. 머리 컸다고 엄마한테 따박따박 대들었다. 세상의 모든 딸들은 엄마가 제일 만만하다. 엄마 있는 딸들이 제일로 부럽다.

엄마와 보냈던 시간들이 그리웠다. 엄마가 없는 세상은 그전과 전혀 다른 세상이다. 누구에게도 엄마한테처럼 맘껏 투정 부릴 수가 없다. 내 속을 다 내놓고 흉허물 없이 있는 그대로 날 받아줄 사람이 없다. 우린 성인이니까 좋아도 나빠도 서로 지켜야 할 선을 넘어선 안 된다. 엄마처럼 완전한 내 편은 세상 어디에도 없다. 딸아이를 키우면서 엄마 생각이 더 많이 난다. 따뜻한 말 한마디 예쁘게 하지 못한 내가 바보 같다. 엄마에게 미안하다. 미안해도 뭘 해줄 엄마가 없다. 가끔 내 딸이 따져대면 난 말한다.

"넌 엄마가 있어서 좋겠다!"

만약 시간을 되돌릴 수 있다면, 난 제일 먼저 엄마 있는 시간으로 가고 싶다.

길벗, 홀로
그렇지만 같이

제일 먼저, 내가 생각하는 만큼
'난 멋진 사람이 아니다'라는 것을 알게 되었다.
내 '꼬라지'를 알게 된 거다.

엄마가 하늘나라에 가고 난 방황했다. 뭘 해도 맘에 들지 않았다. 일 속으로 더 빠져들었지만 그것도 잠시일 뿐 허공을 걷는 기분이었다. 친구들과 술도 마시고 여행도 다녔지만 역시 공허했다. 3년 동안 병상에 계신 엄마를 모실 땐 편히 떠날 수 있도록 해야겠다는 생각밖에 없었다. 늘 난 생각이 모자라다. 무슨 일이 닥치면 그때 가서 우왕좌왕이다. 매일매일 나에게 질문을 해댔다.

편히 가셨는데 뭐가 문제야?
그러게…… 모르겠어, 맘이 안 잡혀.
맘을 어떻게 해야 잡을 수 있지?
단지 엄마가 안 계신 게 문제야?
글쎄…… 이 맘이 뭘까? 왜 이렇게 갈증이 나지?
너만 엄마 없는 거 아닌데 왜 이래 바보같이.
머리는 다 이해가 되는데 맘은 안 그래.
돌아가신 지 얼마 안 돼서 그럴 거야…… 다들 힘들대.
그래? 나만 그런 거 아니겠지?

돌이켜보니 엄마와 난 39년을 함께 살았다. 기쁜 일도 슬픈 일도 늘 엄마와 함께였다. 가족이라는 게 다 그렇겠지만 엄마와 난 좀 특별했다. 아버지가 돌아가셨을 때 엄마가 지금 내 나이였다.

1970년대 중반이었으니 여자 혼자 아이 다섯을 키운다는 게 만만치 않았을 것이다. 게다가 늦둥이 막내딸은 열두 살, 너무 어리다. 엄만 늘 날 안쓰러워했다. 삶의 힘든 시절을 함께한 딸에게 엄만 최선을 다하셨다. 난 나이만 들었지 철부지 어린 딸이었다. 모든 게 허용된 엄마라는 세상을 잃고 방황하지 않는다는 게 이상할지도 모르겠다.

그즈음 노희경 작가의 소개로 '깨달음의 장'을 다녀왔다. 머릿속에 엉켜 있던 네모난 사각형들이 동그라미로 변했다. 삐걱삐걱 서로 부딪치며 돌던 사각형들이 동그랗게 변하면서 부드러워졌다. 무거운 짐들을 다 내려놓고 가볍게 날고 싶었다. 4박 5일의 여정이 날 변화시켰다.

이후 노희경 작가에게 법륜 스님의 『금강경 이야기』와 몇 권의 책을 선물 받아 읽었다. 기독교 문화에서 자라서 불교라는 종교가 익숙하지 않았지만 그 말씀들은 마음에 오래 남았다.

그리고 얼마 후 우리는 정토회에서 만나 '길벗'이라는 마음공부 모임을 만들었다. 여섯 명이 백일기도를 시작했다. 처음 우리의 과제는 '일상에서 깨어 있기'였다. 아침저녁 27배를 하고 하루 종일 깨어 있는 자신을 발견하는 거다. 그러고는 하루에 한 번 순번을 정해 돌아가며 전화를 한다. "깨어 계십니까? 깨어 계십시오." 일주일에 한 번씩 마음 나누기 글을 올린다. 처음엔 '깨어 있지 그럼 우리가 자고 있나?' 했다.

마음공부를 계속하다 보니 하루 거의 대부분 '지금, 여기에' 있지 않는 나를 발견하게 됐다. 마음이 허공에 떠다닌다. 이 생각 저 생각, 밥 먹을 때 일할 생각, 산책할 때 다른 생각, 잠잘 때 내일 생각, 사람 만날 때 또 다른 생각…… 온전히 한곳에 집중하는 시간이 없다. 그러면서 깨어 있다고 생각한다. 눈은 떴는데 정신은 여기저기를 헤맨다. '아! 내가 온전히 한곳에 집중하지 못하는구나. 결국 잠자는 거와 같구나' 알게 됐다.

두 번째 과제는 '화 바라보기'였다. 그 과제는 나에게 식은 죽먹기였다. 난 늘 화가 많았다. 뭐든 내 뜻대로 안 되면 짜증이 난다. 사람들도 자신의 화를 알 거라 생각했다. 그런데 다른 길벗들은 자신이 화를 낸다는 걸 잘 몰랐다. '화'는 단지 화로만 표현되지 않는다. 우울, 권태, 몸 아픔, 무관심, 무기력 등등 부정적인 감정으로 온다. "내가 화가 나서 하는 말이 아니야"일 때 우린 이미 '화'가 난 거다.

새록새록 나를 알아가는 재미에 빠졌다. 제일 먼저, 내가 생각하는 만큼 '난 멋진 사람이 아니다'라는 것을 알게 되었다. 내가 날그 높은 기준에 맞추려고 얼마나 몰아붙였을까 싶으니 나 자신에게 참회의 눈물이 났다. 내 '꼬라지'를 알게 된 거다. 있는 그대로의 나를 외면하고 내가 만든 틀에 나를 끼우려 했다. 절하다 말고 앉아서 펑펑 울었다. 얼마나 힘들었을까! 나 자신을 미워하고, 혼 내고, 외면했던 시간들. 그러고는 늘 궁지에 몰려 웅크리며 겁내고 있던 나 자신을 감싸 안았다.

괜찮아.
잘했어.
지난 일이야. 너도 어쩔 수 없었어.
다들 그래. 그래도 잘한 거야. 담엔 더 잘해보자.
너 또 화냈지? 잘했어. 사람이 화도 나는 거지. 우린 신이 아니니까. 그래도 담엔 조금만 화내자.
넌 참 착해. 고마워, 종옥아.
에구, 얼마나 힘들었니. 미안해, 종옥아.
아냐, 괜찮아. 이제라도 알게 됐으니까.
내가 몰랐어.
미안해, 정말. 이제 잘할게.
고마워, 나도 잘할게.

차츰 맘에 안 차던 나 자신이 예쁘게 다가왔다. 난 나와 화해했다. 아주 오랜만에 평화가 찾아왔다. 내가 얼마나 많은 것을 가졌고, 행복한 사람인지 알게 됐다.

그리고 엄마를 이해하게 됐다. 난 엄마를 사랑한다고 생각했다. 그런데 문득 엄마가 날 낳지 않으려고 병원에 세 번이나 갔다는 말이 떠올랐다. 엄만 자랑처럼 말했다. "그때 내가 널 안 낳았다면 어쩔 뻔했니?"라고. 나도 별생각 없이 들었다. 그런데 엄마 배 속에 내가 얼마나 무서웠을까? 그때 내가 엄마에게 화를 내고 있었구나! 섬광처럼 그 순간이 번쩍 왔다가 사라졌다. 그렇게 모든 문제가 풀렸다. 늘 엄마가 고마웠지만 엄마 앞에서 투정을 부렸던 내가 이해됐다. 그제야 엄마를 내 맘에서 편하게 보내드리게 되었다. 그렇게 문제가 풀리고 나를 사랑하게 되자 세상으로 향하던 화살을 내게로 돌리는 공부를 했다.

이게 문제야, 저게 문제야, 사람들은 왜 그럴까, 맘에 안 들어, 난 안 그런데 사람들이 참 이기적이야, 어떻게 저렇게 자기 생각만 할까, 하는 생각들을 내 쪽으로 돌렸다. 내가 그렇게 보고 있구나, 내가 그렇게 생각하는구나, 나라도 그렇게 하겠구나, 나도 그러니 그 사람도 그렇겠지.

습관처럼 무서운 건 없다. 공부는 되는 날보다 안되는 날이 많았다. '상대 마음 알아주기'는 너무 힘든 과제였다. 차라리 상대 마음을 알고 싶지 않았다. 그냥 모른 척 넘어가자. 굳이 남의 맘까지 알아주기 힘들다! 마음에서 반발심이 불쑥불쑥 고개를 쳐들었다. 우리에게 떨어진 기도 제목이 '가볍게 예! 하면서 그냥 합니다'였다. 그 말을 되뇌며 죽어라 절을 했다. 죽어도 하기 싫은 일도 과제 삼아 가볍게 해봤다. 조금씩 조금씩 맘이 열렸다. 아, 내가 내 생각에 치우쳐 있구나, 사람들은 내 생각과 다르구나, 다름을 인정하면 되는구나, 타인을 이해할 수 없다면 그냥 다른 거라고 인정하게 됐다. 훨씬 맘이 가벼워졌다. '칭찬하기' '선행하기' '자기 마음 바라보기' 등등 차례로 나를 찾아 떠나는 여행은 계속됐다.

마음공부를 하다 보면 주변 사람들로 인해 시험에 든다. 이런 말들, 정말 맥이 빠진다.

넌 마음공부한다는 사람이 왜 그래?

넌 원래 그랬어.

글쎄, 뭐가 변했지?

엄만 정말 힘들게 산다. 굳이 절까지 해야 돼?

하지만 난 세상에 소리치고 싶어 안달이 난다.

난 변하고 싶어.

지난 시간으로 돌아가고 싶지 않아.

공부는 힘들지만 내가 얼마나 나 자신을 외면했는지 그래서 내가 얼마나 외로웠는지 알게 됐어.

이젠 외롭지 않아.

내 생각에 치우쳐서 나만 바라봤던 세상은 행복하지 않았어.

내 모순에서 나오고 싶어.

지금이 좋아. 가볍고 행복해.

건강하게 살아 있음에 감사해.

내가 얼마나 변했다고!

세상은 아무런 반응이 없다. 공부를 했다고 사람이 금방 변하는 게 아니다. 화와 분별심이 더 들끓기도 했다. 나름 공부를 해왔으니 화가 나면 화를 바라본다. 화를 바라보면 어떤 땐 화가 사라지기도 하고 화가 더 나기도 한다. 화가 나면 화를 참는다. 참다가 터진다. 화를 내는 자신을 꾸짖는다.

공부한다며 이 정도밖에 안 되니?

화라는 건 본래 없는 거라고 법사님이 말씀하셨잖아.

화를 있는 그대로 봐. 네 생각대로 보지 말고.

넌 네가 옳다는 생각이 강해.

그렇게 절을 하면서도 내려놓지 못할 거면 절은 왜 해?

또 혼냈다. 나 자신이 아파하면 나도 아프다. 너무나 작아진 자신을 다시 쓰다듬는다.

괜찮아.
처음부터 잘하면 못할 사람이 어딨어?
조금만 더 해보자.
법사님도 잘하고 있다고 말씀하셨어.
힘내자.

마음공부가 안될 땐 당장 내려놓고 싶었다. 그래 이만큼 했으면
됐어, 네가 도사 될 것도 아니고 이 정도에서 그만하자, 힘들어 적
당한 게 좋은 거야 그만해, 예수님은 일주일 일하고 하루는 쉬라
고 하셨는데 하루도 빠지지 않고 절해야 하는 건 정말 너무해, 죽
을 때까지 어떻게 절을 하고 수행을 해, 너 원래 100일만 하기로
했던 거잖아, 2년이면 많이 한 거야, 수행은 아무나 하는 게 아니
야, 넌 기독교면서 왜 여기서 이래, 멈추자, 그만하자……. 별 핑계
가 다 피어오른다. 결국은 하기 싫다는 맘이다.
  그때 길벗이 있어서 극복할 수 있었다. 우리는 매주 한 번씩, 그
주에 있었던 일을 글로 공유했다. 그곳에 난 공부를 그만하겠다고
선언한 적이 있다. 양수리에서 촬영을 하고 있는데 길벗들이 그
먼 곳까지 찾아왔다. 마침 장마철인 데다 비가 와서 도로가 막히

고 차편이 끊기는 등 난리통이었다. 그 멀고 힘든 길을 찾아와서 내 마음을 보게 한 길벗이 아니었음 난 지금 어디에 있을까? 그렇게 우리는 서로를 의지하면서 한 걸음 한 걸음 앞으로 나아갔다.

각자 자신의 문제가 풀리자 봉사를 시작했다. 처음엔 정토회에서 하는 거리 모금에 같이 참여하는 방식이었다. 명동과 안국동, 서초동 지하도, 남부터미널 등 날짜와 시간이 잡히면 어디든지 나갔다.

"1달러 미만으로 사는 어린이들에게 희망을 주세요!"

"1,000원이면 일주일 동안 우유를 줄 수 있고 5,000원이면 한 달 동안 음식을 줄 수 있습니다!"

소리치며 모금통을 들고 거리를 헤맸다. 비싼 커피를 들고 가면서 1,000원도 안 주는 사람들에게 분별심이 일었다. 굳은 얼굴로 비난을 하는 사람들에게도 분별심이 일었다. 그 모습에서 지난날 나의 얼굴이 보였다. 나도 그랬지. 또다시 감사의 기도가 나왔다. 나라는 작은 세계에서 나와서 세상에 쓰임 있는 사람이 된다는 행복감을 저 사람도 알았으면 좋겠다. "감사합니다. 감사합니다. 저에게 이런 기회를 주셔서 감사합니다" 되뇌었다.

계속하다 보니 모금이 재미있었다. 돈을 못 받아도 기뻤다. 그들에게 알리고 도울 기회를 준다는 것만으로도 괜찮았다. 만 원을 주는 사람에겐 나도 모르게 "복 받으세요!"하며 큰 소리로 감사의 인사를 했다. 만 원이 그렇게 큰 행복인지 모금 때 알게 되었다. 비난의 소리도 있지만 도와주는 따뜻한 손길이 더 많았다. 모금에 탄력을 받으면서 우린 우리 힘으로 모금 활동을 주최하기로 했다. 1년에 두 번, 어린이날과 성탄절에 명동에서 모금을 시작했다. 명동 거리 상인들과 외환은행의 도움으로 모금 장소를 협찬받았다. 그렇게 시작해서 10년이라는 시간이 흘렀다. 이 모금에 후배 배우들도 많이 참여한다. 조용했던 모금은 이제 큰 행사가 되었다. 하루 한 시간 정도면 모금액이 1,000만 원이 훌쩍 넘는다. 함께한 후배들도 모금의 기회를 행복해한다.

난 지금은 '길벗'엔 나가지 않는다. 혼자서 수행을 한다. 매일 108배를 잊지 않는다. 이제는 절을 하지 않으면 마음이 불안하다. 사람들은 운동도 되고 좋겠다고 말한다. 맞다. 절하면서 올라오는 문제들을 바라보고 대답을 찾는 시간이 좋다. 게다가 운동도 되니 일석이조다.

법륜스님이 말씀하셨다. '매일 세수하는 것처럼 마음도 닦아야 한다, 기도의 목적은 복을 받으려는 것이 아니라 어떤 상황에 처하더라도 그 상황을 받아들일 수 있는 힘을 기르는 것이다'라고.

마음 닦기, 기도하기. 내 일상에서 가장 중요한 시간이 되었다. 삶에서 중요하지 않은 시간이 어디 있을까마는, 40대 화려했던 그래서 힘겨웠던 시간에 만난 마음공부는 나를 흔들려도 다시 설 수 있는 든든한 사람으로 만들어주었다. 배우로서 불안을 느끼며 많은 걸 가졌어도 행복하지 않았던 나는 이제 없다. 꼬라지 보면서 주제 파악할 줄 아는 내가 괜찮은 사람 같다. 무엇보다 마음공부를 멈추지 않은 나 자신이 대견하다. 나에게 슬쩍 말해주고 싶다.

"종옥아, 사랑해."

여배우로
산다는 것

그럼에도 이 일을 하는 것은
배우가 좋기 때문이다.
좋아서 하는 일에 장사는 없다.

20대 초반부터 배우로 살았으니 난 사실 배우 아닌 삶은 모른다. 젊어서는 사람들의 시선이 불편했다. 그래서 아무도 나를 모르는 곳으로 떠나곤 했다. 관심의 대상으로 산다는 게 행복하기만 한 일은 아니다. 아니, 어떤 부분에서 배우들은 가장 소중한 '자유'를 빼앗긴 불행한 인생일 수 있다. 하지만 내가 좋아서 하는 일이니까, 그 안에서 의미를 찾다 보면 그런대로 즐거운 삶임에 틀림없다.

그럼에도 주위 사람들의 기대에 늘 부흥해야 하는 건 아직도 힘들다. 그 기대치가 클 때는 더하다. 내가 알고 있는 나와 사람들이 알고 싶은 내가 다르다. TV에서 나오는 캐릭터가 나라고 오해한다. 물론 비슷한 부분이 있겠지만 다른 부분도 많다. 그들은 TV를 통해 나를 보아왔기에 내가 익숙하겠지만 난 그들이 처음이다.

난 내성적이고 조용하고 낯을 많이 가리는 아이였다. 고등학교 땐 어디 있는 줄도 모르는 평범한 학생이었다. 연극영화과 간다고 했을 때 담임선생님께서 "네가 무슨 연극영화과를 가니? 안 돼" 하셨을 정도니까. 그래도 한번 한다고 생각하면 고집이 있어서 끝날 때까지 간다.

배우가 되고 젊어서 스포트라이트를 받다 보니 내 생각과 세상의 생각이 달랐다. 낯을 많이 가렸던 나는 모르는 사람을 보면 그냥 피했다. 뭐라 말해야 할지 잘 몰랐고 그 상황이 불편했다. 어른들은 상냥하고 인사 잘하고 말 잘 듣는 사람이 편했으리라. 그렇지 못한 나는 오해도 많이 샀다. 건방지다, 오만하다, 이상하다 등등. 지금 생각해보면 그냥 인사하고 웃었으면 될걸 왜 그랬을까 싶다. 하지만 모든 사람들이 다 같을 순 없으니까, 그런 사람이 있으면 이런 사람도 있듯이 말이다. 모두에게 이 자리를 빌려 양해를 구하고 싶다.

드라마 〈이혼하지 않는 이유〉를 촬영할 때였다. 대학 동기였던 이재룡이 "얘가 낯을 많이 가려요"라고 나를 대변하기도 했다.

드라마 〈행복어 사전〉과 〈도시인〉을 같이했던 신호균 감독님은 나라는 사람을 이렇게 설명하기도 했다.

"한번은 방송국 근처에서 밥을 먹고 있었는데 기자들이 들어왔어요. 그때 옆에 있던 여배우는 일어나서 그들에게 인사를 했고 종옥 씨는 그냥 밥만 먹었죠. 그게 배종옥입니다. 건방지고 잘난 척하려고 해서가 아니라 모르는 사람이니까 그냥 본인 할 일을 한 거죠."

드라마 〈거짓말〉을 끝내고 뒤풀이를 했던 때다. 파티가 다 끝나고 다들 인사를 하며 헤어지는데 그대로 들어가는 것이 아쉬웠던 난 노희경 작가를 꼭 붙잡았다.

"우리 얘기 더 하다 가요. 집에 가기 싫다."

나에게 붙잡힌 그녀는 밤을 꼴딱 새우면서 내 곁에 있어줬다.

너무 사랑했던 드라마였기 때문에 뭔가 이야길 계속해야 할 것 같았다. 그 드라마와 헤어지기 싫었던 것이다.

이틀 후엔가 우린 KBS 방송국 로비에서 우연히 만났다. 나는 "안녕하세요, 노희경 씨?"라고 예의 인사를 했다. 그때 그녀는 많이 당황했다. 엊그제 밤새도록 얘길 나눴던 친구가 낯선 사람처럼 자기에게 인사를 건넸으니 그럴 법도 하겠지. 난 그녀가 반갑기도 했지만 사실 좀 어색하기도 했다. 다른 장소에서 다른 느낌으로 만나니까 뭐라 해야 할지 난감했다. 연기자 동료도 아닌 작가라서 더 그랬던 것 같다. 그녀는 후에도 종종 이 상황을 말하곤 했다.

"정말 이상해!"

보통 우리나라 사람들은 밤새 술 마시고 시간을 보내면 부쩍 친해지고 다음에 만나면 바로 서열이 친한 언니, 동생으로 정해진다. 그런 문화에서 몇 번을 봐도 남같이 대하는 내가 이상하기도 했으리라.

그런데 그게 나였다. 누군가와 쉽게 친해지지 못한다. 물론 한번 친해지면 아주 오래간다. 난 가끔 나 자신도 낯설 때가 있다. 내 맘에서 낯설다고 생각되면 그 감정이 숨겨지지 않는다. 이런 성격에 배우를 지금껏 했으니 얼마나 다행인지!

그렇다면 여배우들이 다 이상한가? 영화감독들과 얘기하다가 깜짝 놀랐던 기억이 있다. 여배우들이 무섭단다. 왜냐고 물었더니 말한다.

"여자가 화내면 무섭잖아요."

"남자들도 화내잖아요. 어느 면에선 남자들이 더 무서워. 화나면 걷잡을 수 없잖아요. 여자들은 소리 좀 지르다 말지 뭐 하는 거 있어요?"

"여배우들이 얼마나 쎈데요."

"뭐가 쎈 건데요?"

"말하면 잘 안 통해요."

"뭐가요?"

"아유, 뭐라고 구체적으로 말하긴 그런데 암튼 남자들과 다른 뭔가 있어요."

당연히 여자와 남자가 다르지 그럼 같을까!

얼마 전 작품 때문에 한 영화감독과 얘길 나누었다.

"선배님도 영화에서 많이 뵀음 좋겠어요."

"뭐 내가 할 만한 작품이 있어야 말이죠. 요즘은 다 남자 얘기들이니까 여배우들이 설 곳이 없네요."

"하긴 그렇네요. 그런데 제가 예전에 여자 영활 준비하다가 멈춘 게 있어요."

"왜요?"

"캐스팅도 다 되고 진행이 순조롭게 되고 있었는데, 여배우 기획사 측에서 슬슬 이런저런 제안들을 해오더라구요. 이 장면은 안 예뻐서 안 된다, 저 장면은 너무 강해서 지금 하는 광고 회사가 싫어할 것 같다, 이 부분은 노출이 심해서 곤란하다…… 그러다 보니까 더 이상 영활 진행할 수가 없었어요."

"그럴 수도 있겠네요."

"그러다 보니 제작하기 쉽지 않은 여자 영화에서 흥행 성적까지 안 좋으면 정말 힘들어지는 거죠. 그렇게 다들 여자 영화를 기피하는 현상이 생기더라고요."

이것은 하나의 경우겠지만 그래선지 요즘은 남자 영화가 많다. 대부분 감독이 남자니까 남자 얘기가 편한 걸까. 이러다가 우리나라 영화에서 여배우가 사라지는 건 아닐까 걱정이다.

대화하고 설득하면 쉽게 이해하는 게 배우들인데 감독들에겐 그 과정이 힘든가 보다. 하긴 남자 배우들은 의견이 안 맞아도 술 한잔하면서 허심탄회하게 얘기하면 끝날 것들이 여배우들에겐 설득해야 하고 이해시켜야 하니 그 과정이 번거롭기도 하겠지. 그러니 일반 사람들에게 여배우들이 얼마나 강하게 보일까. 여배우들이여, 이제는 '쎄' 보이지 않게 연기합시다!

하지만 그 '쎈' 여배우들도 상처받는다. 말하지 않을 뿐 그런 반작용으로 겉으로는 강한 날을 세우고 있는지도 모른다.

다큐멘터리 영화 〈데브라 윙거를 찾아서〉에는 유수의 할리우드 여배우들 인터뷰가 나온다. 감독인 로잔나 아퀘트도 여배우다. 그래선지 여배우로 산다는 것의 애환을 솔직 담백하게도 잘 그렸다. 그녀들도 우리와 별반 다르지 않았다.

그 가운데서도 데브라 윙거는 인상적이었다. 한 제작자는 데브라 윙거에게 살찌면 얼굴이 예쁘게 나오지 않으니 지사제를 복용할 것을 권했다고 했다. 그녀는 '이건 아니다'라고 생각했다고.

또 현장에서 자신만을 바라보는 수많은 눈을 의식하면서 연기해야 하는 긴장된 상황들을 견뎌야 했던 제인 폰다의 인터뷰는 나도 공감이 갔다.

살찔까 봐 음식을 조절해야 하는 고통을 평생 안고 가야 한다. 나이 들면서 어쩔 수 없이 생기는 주름을 매일 마주해야 한다. 안 보고 싶다고 외면할 수 없다. 지금은 화면이 대형화되어 얼굴이 실물의 두세 배는 크게 나오는데 어떻게 세월을 지울 수 있을까? 그걸 바라보면서 나이 듦을 인정해야 한다.

사람들은 쉽게 말한다. 그 배우는 얼굴에 뭘 했는지 이상해졌더라, 한동안 안 보이더니 얼굴을 싹 다 고쳤더라, 하여튼 배우들은 얼굴에 왜 그렇게 손을 대는지, 이혼했잖아, 배우들은 이혼을 밥 먹듯이 해, 그 배우는 얼굴에 뭘 좀 했음 좋겠어, 너무 늙어서 초라해 보이더라, 왜 그렇게 뚱뚱해, 너무 촌스럽지 않니, 그 배우는 너무 말라서 안 예뻐, 살을 너무 뺐어, 아우 늙으면 나오지 말았음 좋겠어……. 늘 사람들의 이야깃거리다. 비난도 관심이라면 할 말은 없다.

예술의전당에서 〈그와 그녀의 목요일〉이라는 연극을 할 때였다. 갑자기 장염에 걸려서 도저히 연극을 할 수 없었다. 낮 공연만 마치고 밤 공연은 다른 배우로 대체해야 했다. 명백히 건강 관리를 못한 내 잘못이었다.

관객들의 항의가 이어졌다. 배우가 죽어도 무대에서 죽어야지 어떻게 연극을 안 할 수 있나, 돈 물어내라, 프로 정신이 없다, 배종옥 보러 왔는데 무슨 이런 경우가 있나! 하지만 여배우도 사람이다. 사람이니까 아플 수도 있고 잘못을 할 수도 있다. 가끔은 여배우가 사람이 아니라 물건이라고 생각하는 것처럼 보인다.

기자들은 또 어떠할까. 물론 공정한 기자들도 많지만 가끔 황당한 일도 있었다. 보도된 기사가 사실이 아닐 경우 정정 기사 한 줄이면 끝난다. 오보라는 정정 기사가 어디에 실리는지도 모른다. 하지만 이미 온 국민은 그걸 사실로 알고 있다.

20대 한창 주가를 올리고 있을 때 일이다. 개인 매니저 없이 다들 혼자서 스케줄을 관리하며 일했던 시절이다. 하루는 한 기자에게 전화가 왔다. 배우 일주일 스케줄을 소개하는 코너가 있는데 내 스케줄을 알고 싶다고 했다. 나는 싫다고 했다. 왜냐고 묻길래 난 내 일상을 신문에 내고 싶지 않다고 말했다. 그다음 날 신문 전면에 어떤 기사가 났을까? '배종옥 국어책을 읽는다'라는 큰 헤드라인의 기사였다!

또 한번은 이런 일도 있었다. 기자와의 인터뷰 자리였는데 서로 인사를 나누고 난 뒤였다. 다짜고짜 기자가 물었다.

"내가 시간이 없어서 그 드라마를 못 봤는데 그게 이야기가 어떻게 되는 건가요?"

"데뷔는 언제 하셨죠?"

"아…… 그 뒤엔 무슨 드라마를 했죠?"

이해가 되지 않았다. 나라는 배우에 대한 사전 정보도 없이 어떻게 인터뷰를 하러 오겠다는 것인지. 성격 좋은 사람들은 친절히 다 대답해주겠지만 난 한마디 했다!

"공부하고 오세요. 이럴 거면 인터뷰를 왜 하나요? 그건 기자분이 준비하고 알아서 와야 하는 부분 아닌가요?"

조용히, 다만 고요히 일만 하고 살고 싶어도 그럴 수 없는 게 여배우의 운명이다. 일단 조용할 수가 없다. 일이라는 것이 TV나 영화에 언제나 노출되는 시끌벅적한 것이니 말이다. 작품이 성공하면 말이 많다. 실패하면 말이 없다. 우리는 성공하는 길로 가고 싶다. 그 길을 선택했는데 홀로 좋은 말만 듣겠다는 건 뭔지 어폐가 있는 것 같다. 칭찬만 듣고 싶다면 이 일을 하지 않는 게 맞다. 성격에 맞지 않아 중도에 그만두는 사람들도 많으니까. 데브라 윙거도 젊어서 배우를 그만뒀다.

그럼에도 이 일을 하는 것은 배우가 좋기 때문이다. 좋아서 하는 일에 장사는 없다.

얼굴이
말하다

절대적 비율보다는 자연스러운 마음의 행로를 받아들이는 힘,

거기에는 비교도 나이도 없다.

그냥 나라는 한 존재가 있을 뿐이다.

그 무더웠던 여름이 지났다. 더위가 유난했던 여름을 지나며 생각한 건 지금껏 수십 번의 여름을 지나왔지만 단 한 번도 같은 여름이 없었다는 사실이다. 다 처음 겪는 것 같았던 여름이다. 그리고 또 겪게 될 여름도 그럴 것이라는 예감이 든다. 그런 점에서 더위의 새로움이 맘에 든다.

여름이 지나고 산들바람이 부니 살 것 같은 이 실감. 자연의 여러 얼굴 가운데 놀랍지 않은 것은 없다. 여름을 보내고 맞는 가을의 단풍, 겨울 지나고 봄의 파릇파릇한 나무들에서 잎이 날 때, 노을이 지는 하늘, 시원한 바람, 밤새 내리는 흰 눈, 모든 형태의 비……. 아름다움에 형체가 있다면 자연의 이 얼굴들이지 않을까.

배우여선지 아름다움이란 무엇이냐는 질문을 많이 받는다. 언제나 아름다움을 추구하고 궁구하는 직업을 살고 있기 때문일 것이다. 하지만 그래서 더 가혹한 면이 있다. 배우로서 살아간다는 건 아주 행복한 일이지만 그만큼의 그늘을 짊어진다. 밤과 낮처럼, 어쩔 수 없다.

모든 여배우들의 문제겠지만 얼굴로 무엇인가를 말해야 한다는 것은 수고로움이 뒤따른다. 하나같이 모두 예쁜 얼굴들 가운데 더 예쁜 얼굴을 꿈꾸는 건 어쩌면 당연하다. 스크린 건너 브라운관 건너 언제나 단점을 찾게 된다. 눈이, 코가, 입술이, 턱이, 치아가, 주름이…… 정말 못마땅한 부분이 계속 두드러져 보이는 것이다.

도대체 내가 예뻐 보이지 않는다.

마음의 감옥, 그것을 나도 겪었다. 항상 비교의 대상으로 살다 보니 내가 가진 것에 대한 만족감이 없다. 주변에는 늘 예쁜 사람들이 널렸고 화면의 나는 유달리 미워 보였다.

거짓말이라고 하겠지만 난 한 번도 내가 예쁘다고 생각해본 적이 없다. 사람들이 예쁘다고 말하면 배우니까 해주는 말이려니 했다. '나보다 예쁜 배우들이 얼마나 많은데 내가 뭐가 예뻐'라고 생각했다.

내 얼굴은 화면에 유난히 동그랗고 통통하게 나왔다. 오죽하면 별명이 보름달이었을까? 〈목욕탕집 남자들〉에 출연했을 때도 김수현 작가님이 대사에 쓰기도 했다. '동그랑땡같이 생겼다'라고. 얼굴은 넓적하고 눈은 또 왜 그렇게 분위기 없이 동그랗기만 한 건지. 게다가 어깨는 산만 하게 나오는 것 같았다. 화면에 보이는 내 얼굴이 마음에 안 들었다. 시대의 아이콘 오드리 헵번도 자신의 각진 얼굴과 마른 몸을 싫어했다니 이 외모에 대한 불만족에는 설명이 필요 없다. 내가 연기파 배우를 꿈꿨던 것도 외형적인 아름다움에 대한 위축이 작용한 점이 조금 있었다.

그러던 내가 40대 초반 마음공부를 할 무렵 수업을 함께하는 사람들이 나를 보며 예쁘다고 하는 말들이 믿기지 않은 건 당연한 일이었다.

"배종옥 씨, 너무 예뻐요."

"제가 뭐가 예뻐요?"

이건 겸손이 아니라 나의 진심.

그런데 함께하던 법사님 말씀이 이러했다.

"예쁜데 예쁜 걸 못 느끼는군요."

이제는 내가 예쁘다고 생각한다. 누군가 "배종옥 씨 너무 예뻐요" 하면 "예쁘게 봐주셔서 감사합니다"라고 말한다. 그리고 진심으로 감사하다.

그러니까 배우들의 이 불행을 어떻게 해야겠는가? 스스로 예쁜 걸 모르는 고통. 늘 비교당하고 비교하는 고통. 미모가 전부는 아니지만 예쁘게 태어난 축복을 맘껏 누리지 못하는 어리석음. 나만의 생각일까?

내가 그렇게 오랫동안 생각해왔던 아름다움은 내면과 외면이 함께하는 것이다. 외면에서 주는 느낌은 내면이 그런 생각을 갖기 때문에 드러난다. 옛 어른들의 말씀을 굳이 듣지 않아도 내면에서 오는 나의 생각은 거짓말을 하지 못한다. 나이 들면 자신의 얼굴에 책임지라는 말이 달리 나오는 말이 아니다. 내가 어떤 생각을 하고 있고 어떤 생활을 하고 있는지가 외면에서 감춰지지 않는다.

외면은 습관의 창이다. 일하는 습관, 운동하는 습관, 공부하는 습관 이 세 가지가 삶을 사는 데 가장 중요한 습관이라고들 말한다. 나도 이 습관이 익숙해지길 꿈꾼다. 그렇게 내 삶을 잘 만들어 나간다면, 늙음이 미모를 어딘가로 가져가버리겠지만 그렇다고 해서 미워질 것 같지는 않다. 그렇게 가꾸는 삶, 가꾸려는 태도가 아름다움의 토대가 되지 않을까.

여배우가 나이 든다는 것, 사람들은 호기심 반 염려 반의 시선을 주지만 이제 나에게 나이는 불만스러운 것만은 아니다. 불안한 것은 물론 있다. 이렇게 내 젊음이 지나가네, 어떡하지, 내가 앞으로 뭘 할 수 있지, 하는 것들.

아무리 예쁘다고 해도 나이 든 여자는 다 똑같다는 말이 있잖은가. 늘어나는 주름, 처지는 얼굴, 그것들을 늘 커다란 거울로 하루에도 수없이 봐야 하고, 게다가 수많은 사람이 본다는 게 편한 일은 아니지만 내 일이 그런 것이니 어쩔 수 없다고 생각한다. 하지만 나이 들었기 때문에 오는 가벼움, 한가함, 인생을 즐길 여유가 생겨서 좋다.

'절대동안'이니 '미친 동안'이니 하는 말에도 현혹되지 않는다. 어려 보이는 얼굴을 애써 추구할 필요도 없다. 그대로의 나이를 살고 내 나이보다 한두 살 어려 보이는 것이면 족하다.

그러니 아름다움이란 무엇일까라는 질문에 다시 한 번 답해보자면, 나의 경험으로 아름다움에는 마음의 문제가 동반된다는 사실이다. 절대적 비율보다는 자연스러운 마음의 행로를 받아들이

는 힘, 내가 생각하는 아름다움이다. 거기에는 비교도 나이도 없
다. 그냥 나라는 한 존재가 있을 뿐이다.

배우라고
배우

영국의 소설가 제인 오스틴이 말했다.

모든 변화는

더 좋아지기 위한 것이라고.

대개 나에 대한 선입견 가운데 하나는 당차고 똑똑해 보인다는 거다. (어쩌다가) 박사 학위까지 받고 보니 박사 출신 배우라는 타이틀도 갖게 되었다. 또 강단에서 오랫동안 후배들을 가르치기도 해서 이론과 실전을 겸비한 배우라는 이미지까지 얻게 되었다.

하지만 나는 엄청난 학구열로 들끓는 인간형은 아니다. 단지 부족함을 느꼈을 뿐이다. 내가 좋아서 하는 일에 대해서는 집중하려는 마음이 있다. 누가 시킨 일도 아니고 내가 좋아서 하는 직업이라면 최선을 다해 베스트가 되고 싶은 욕심이 있다. 내가 좋아하는 일에 대해서, 몸담고 있는 일에 대해서 고민하고 그것을 내 선에서 표현하다 보니 그 부분을 다른 사람들은 확대해 보는 듯하다. 고백하건대 관심이 없는 분야에 대해서는 정말 무지해 오히려 빈틈이 많은 편이기도 하다.

박사 학위 공부를 한 것은 우연하게 찾아온 기회였다. 고려대학교 신문방송학과 지도교수님을 우연한 자리에서 뵙게 된 것이다. 그분은 나의 연기 경력을 물었다. 당시 22년간 배우 생활을 했던 터였다. 그 시간을 정리해보고 싶은 생각이 없느냐는 말이었다.

매 작품의 인물이 되어 한 해를 보내고 또 다른 인물을 산다. 순간순간 최선을 다했고 작품의 인물들이 배우 인생에 나이테처럼 켜켜이 쌓여가는 내게 22년의 시간을 정리한다는 건 정말 의미가 있었다.

내가 연구했던 주제는 '텔레비전 드라마 게시판 반응과 제작구성원의 상호작용 연구'였다. 출연했던 MBC 주말드라마 〈천하일색 박정금〉 사례를 중심으로 했다.

1998년 미니시리즈 〈거짓말〉에 임했을 때 당시 천리안에 '거짓말을 사랑하는 사람들'이라는 방이 생겼다는 이야기를 들었다. 제작진이며 출연자들은 천리안에 생긴 '팬들의 방'이 생소한 이야기였다. 그런데 회를 거듭할수록 팬들의 이야기는 인터넷 안에서만이 아니라 세상으로 얼굴을 드러냈고 '컬트 드라마' '마니아 드라마'라는 장르를 만들기에 이르렀다. 방송이 끝난 후 팬들과 '대화의 장'도 만들어졌다. 요즘은 일반화된 일이지만 당시만 해도 처음 있는 일이라서 우리는 어떻게 대처해야 할지 모를 정도였다.

단지 시청률만으로 작품성을 평가받던 시대에서 다른 평가 기준이 생겼다고 해야 할까? 덕분에 제작 현장은 시청률에 대한 압박 없이 드라마를 끝낼 수 있었다. 시청률과 관계없이 특정 사람들의 지지를 받는 작품들에 대한 팬 커뮤니티의 영향력을 실감했다.

드라마라는 매체의 특성은 영화보다는 좀 더 민감하게 언제나 당대의 시청자와 함께한다는 것이고 그것이 드라마의 존재 이유기도 한 것 같다. 언젠가 재미있고 화려하고 다양한 볼거리를 제공하는 공연으로 이름난 한 가수의 이야기를 들은 적이 있다. 수십, 수백, 수천 회의 공연을 했지만 어떤 화려한 무대장치, 게스트,

퍼포먼스를 해도 그 감동이 당대의 히트곡 한 곡을 이기지 못하더라는 것. 가수와 청자는 그때 그 시간의 노래로 서로 하나가 된다는 것.

그 얘기를 듣고 드라마를 생각하지 않을 수 없었다. 결국 한 편의 드라마는 제작진과 배우 그리고 시청자가 함께 호흡하는 당대의 장이기 때문이다. 그래서 드라마에 '참여'하는 사람들의 커뮤니케이션에 대한 연구를 해보고 싶었던 것이다. 나 또한 누구보다 현장에 익숙한 사람으로서.

인터넷 게시판에 참여하는 능동적 수용자들과 드라마 제작진과의 상호작용에 대하여, 주말연속극 〈천하일색 박정금〉을 사례로 게시판에 오른 글을 분석하고 게시판 반응과 시청률과의 상관관계 검증, 게시판 반응이 드라마 제작진의 상호작용에 어떤 영향을 끼쳤는지에 대하여 분석했다. 기존의 연구들이 드라마 제작진이 게시판에 영향을 받는지에 대한 유무만을 분석했다면 내 연구는 조금 더 세밀하게 접근해 드라마를 도입부, 전개부 및 결말부로 나누어 단계별로 게시판 반응이 어떠했으며 이 반응에 대해 제작진은 어떻게 상호작용을 하고 있는지, 그 상호작용의 메커니즘에 대한 파악이 핵심이었다.

연구 결과 드라마 진행의 처음부터 끝까지 수용자와 제작진이 끊임없이 교류하고 있다는 것을 알 수 있었다. 예를 들면 제작진은 드라마를 구성할 때부터 보이지 않는 '상상의 수용자'를 상정하여 그들의 욕구를 충족시킬 수 있는 드라마를 만들려고 노력한다. 방송 후에는 게시판 수용자의 의견에 반응하면서 보이지 않는 커뮤니케이션을 계속한다. 그 과정에서 어떤 것은 수렴되고 어떤 것은 수용되지 않는다. 그것은 수용자와 제작진이 부딪치는 도덕과 사회적 윤리 의식의 차이 또는 방송사의 제작 여건상 어쩔 수 없는 상황에서 오는 경우가 있었다. 그럼에도 게시판을 이용하는 능동적 수용자가 드라마 생산과정에 직접적이고도 적극적으로 개입하고 있다는 사실을 알 수 있었다. 수용자는 드라마의 주요 제작진인 연출진, 작가 및 배우의 권력관계에 영향을 끼침으로써 드라마 제작 과정에서 제작진 상호 간의 커뮤니케이션 구조와 성격을 상황에 따라 유동적으로 달라지게 하였다.

이 논문으로 학위를 받았지만 이건 또 하나의 의식에 불과할지도 모르겠다. 공부는 어차피 어떤 일을 하든 계속 함께 가야 하는 숙명이니까.

항상 후배에게 권했던 공부라는 것의 의미는 뭘까. 책을 읽고 글을 쓰고 학위를 따는 공부가 아니라 좀 더 포괄적인 의미의 공부다. 내가 궁금한 것을 찾아보는 것, 안되는 연기를 잘해보려고 노력하는 것, 그것도 공부다.

드라마 〈천하일색 박정금〉에서 형사 캐릭터 '박정금'을 위해 그 나이에 액션을 배웠다. 뼈가 으스러지는 느낌을 정말 받았다! 체력 훈련부터 총 다루는 법, 무술까지, 내가 모르던 분야다. 범인을 소탕하러 가는 장면이 나오면 여지없이 밤을 꼴딱 새웠다. 인천 연안부두 앞에서 범인들과 몸싸움을 했던, 체감온도 영하 20도는 되었던 것 같던 겨울 꽁꽁 언 몸을 움직여 뒷발차기를 해보였던 그때, 정말 죽을 것 같다고 생각했다. 몸은 고되지만 모르던 것을 알아가는 기쁨이 있었다. 그리고 내가 변하는 걸 확인하는 기쁨이 있었다.

그렇다면 연기도 공부하면 좋아질까? 예를 들면 모든 운동이나 춤, 노래 등은 공부하면 나아진다. 연기도 방법들이 있으니 그 방법을 깨쳐나가면 도움을 받을 수 있다. 내가 공부를 통해서 내 연기를 발전시켜왔기 때문에 배우들도 공부하면 연기가 달라질 수 있다고 보는 거다. 각자 자기 분야에서 부족하다고 생각하는 것, 알고 싶은 것들은 책을 통한다든지 경험을 통해서 끊임없이 알아가는 것, 이것이 공부의 힘 아닐까.

2014년 예능 프로그램 〈룸메이트〉SBS 방영에서 후배들이 공부는 왜 해야 되나 물었던 적이 있다. 그때 순간 말문이 막혔다. 우리는 공부를 꼭 책상에서 책을 보는 것이라고 생각하는 경향이 있다. 그 친구들이 춤을 잘 추기 위해서 춤 연습을 하고, 노래를 잘 부르기 위해서 노래 연습을 하는, 그 끊임없이 배우는 과정이 공부다.

하지만 단지 춤과 노래, 연기만 잘한다면 그건 한정된 한 부분만 잘하는 사람이 된다.

학위 공부를 하면서 느낀 건 내가 몰랐던 또 다른 세계가 있다는 것이었다. 항상 나는 내 세계가 전부라고 생각했는데, 내 세계가 아닌 다른 세계가 있었다. 이제는 어떤 사회적인 맥락에서 이야기가 공론화되고 이슈화되는지 그 구조를 가늠하게 되었다. 그건 내 시야가 확장되는 경험이다. 내가 만약 연극영화과에서만 공부를 했다면 근본적으로는 문화예술의 카테고리에서 모든 것을 바라볼 수밖에 없었을 것이다. 하지만 지금 문화예술을 바라보는 시각은 확실히 예전과 같지 않다.

물론 그 시간은 너무나 고통스러웠다. 책을 읽는데 무슨 말인지 도무지 알 수가 없었다. "다 알고 읽는 사람은 아무도 없어요"라며 교수님은 나를 위로했다. 4년이란 시간을 어떻게 보냈는지 알다가도 모르겠지만 그 자체로 내 인생의 특별한 경험이었다.

연기를 잘하는 건 기술의 습득만은 아닌 듯하다. 내가 이 작업을 왜 하고 있는지에 대한 질문과 대답이 필요하다. 세계를 보다 더 크게 바라볼 수 있는 장을 만들어야 한다. 그런 차원으로 나와 다른 세상을 궁금해하고 알아가고자 하는 의지가 동반된다면 더 나은 배우로 가는 길을 아주 조금은 쉽게 찾지 않을까.

『오만과 편견』으로 유명한 영국의 소설가 제인 오스틴이 말했

다. 모든 변화는 더 좋아지기 위한 것이라고. 더 좋아지기 위한 것,
더 나아지기 위해 나는 공부를, 배우는 일을 디딤돌 삼았다.

　가끔은 생각한다. 배우라고 배우인 것일까.

배 우 의

배 우 이 야 기

역시 대체 불가

메릴 스트립

그녀는 어떤 모습으로 변해갈까?

난 또 그녀를 보면서

무슨 꿈을 꿀까?

대학교 4학년 때였다. TV에서 영화 〈소피의 선택〉을 본 날을 기억한다. 그때의 충격은 지금도 생생하다. 기차역에서 품에 안고 있던 아이를 빼앗길 때 메릴 스트립이 괴성을 지르던 장면은 정말 압권이었다. 퓰리처상 수상 작가 윌리엄 스타이런의 대표작 『소피의 선택』을 원작으로 한 영화였다. 제2차 세계대전 당시 나치에 붙잡혀 수용소로 보내진 소피는 그곳에서 인종 대학살을 직접 목격한다. 아우슈비츠에서 살아남은 폴란드 여성의 삶을 통해 전쟁의 상처를 고발하는 이 작품 속 메릴 스트립을 보고 며칠 밤이나 잠을 잘 수가 없었다. 그 영화의 영상이 머리에서 떠나질 않았다. 밤새우는 걸 못 견뎠던 내가 잠을 못 잘 정도였으니 그녀의 연기는 나를 단번에 사로잡았다. 그때 이후 나의 롤모델은 메릴 스트립이었다.

메릴 스트립은 예일대 연극학부 출신이다. 대학 때 뮤지컬에도 관심이 많았다고 한다. 〈맘마미아〉의 노래 실력은 본디 가졌던 재능이었다. 대학 시절 메릴 스트립이 무대에서 연기하는 걸 보고 여배우 제시카 랭이 연기를 해야 하나 말아야 하나 고민했을 정도였다니.

어린 나이에도 뛰어난 연기력을 보여준 그녀지만 미인이 아니라는 수식어는 늘 따라다녔다. 광팬인 나도 언제나 그녀의 영화를 찾아다니면서 봤지만, 영화가 시작하고 5분 정도는 생각한다. '할

리우드에는 메릴 스트립밖에 없나? 여배우가 좀 더 예뻤으면 좋았을걸.'

그런데 영화가 끝날 땐 다시 외치게 된다. '역시 메릴 스트립이구나!'

심지어 몇몇 장면은 그녀가 예쁘게 보인다. 연기를 잘해서겠지만 그녀 아닌 다른 배우는 상상할 수 없다. 그녀는 여배우가 꼭 예뻐야 한다는 편견을 깬 배우다. 아카데미에 열아홉 번 노미네이트(최다 기록)되고 여우조연상 한 번에 여우주연상을 두 번 받았다. 그런 그녀도 마흔 살이 되면서는 '이젠 뭘 해서 먹고살아야 하지?'라고 생각했단다. 누구에게나 찾아오는 공백이 그녀에게도 있었던 것이다.

개인적으로 그녀의 영화 가운데 〈아웃 오브 아프리카〉를 좋아한다. 덴마크의 여성 작가 이자크 디네센의 자전적 소설을 원작으로 한 시드니 폴락 감독의 작품이다. 40대 중반에 다시 보고는 더 깊은 감동을 받았다. 모든 걸 버리고 아프리카로 간 여인의 강인함과 고독을 그녀만큼 잘 표현할 배우가 있을까? 벽난로 앞에서 로버트 레드퍼드와 대립하던 장면이란! 외경심을 불러일으키는 케냐의 자연 풍광에 지지 않는 메릴 스트립과 로버트 레드퍼드의 연기에 나는 압도되었다.

그녀의 연기를 '양파를 까면 계속 속살이 나오는 것처럼'이라고 이종한 감독님은 표현했다. 영화 〈맘마이아〉로 쾌한 변신은 관객들을 또 한 번 놀라게 한다. 할리우드에 정말 메릴 스트립밖에 없는 것일까?

작품 줄거리만으로 보면 주인공은 적어도 40대 중반 정도의 배우가 적당하다. 그런데 그녀 나이 쉰아홉 살이었다. 작품을 보고 있노라면 그녀를 선택한 감독이 완전히 이해된다. 젊음보다는 깊이가 필요했던 게 아닐까? 감독은 많은 관객들이 실제 어머니로 느낄 수 있는 배우를 캐스팅했다고 말했다.

우리나라 상황과는 많이 다른 얘기다. 우린 배우 나이를 젊게 가는 경향이 있다. 연기는 자기 나이보다 적을 때 훨씬 다양한 감정들이 보이고 연기하기도 여유롭다. 〈드레스메이커〉라는 영화에서도 케이트 윈슬렛이 나이보다 십수 년은 어린 역할을 했다. 얼굴에 주름도 많고 몸도 어린 느낌이 아니다. 비단 주인공만 그런 건 아니다. 모든 배우들의 나이가 실제 배역보다 많아서 서로 어색함 없이 어우러진다. 오히려 사건이 깊어질 때 감동이 크게 온다. 작품의 깊이와 인간 내면의 감정을 파고드는 상황이 많은 그들의 작업은 사건만으로 몰아붙이는 우리네 작업과는 구조적으로 다른 면들이 많다. 가끔 그들의 작업이 부럽다는 생각을 한다.

메릴 스트립의 화려한 경력은 그녀의 연기력을 대변한다. 부러울 것 없어 보이지만 그녀에게도 쉽지 않은 시절이 있었다. 필모

그래피를 보면 이해되지 않은 작품들도 많다. 왜 그런 선택을 했을까. 여배우가 나이 들어간다는 의미일 터다. 어쩔 수 없이 받아들여야 하는 삶이다. 어릴 땐 나이 든다는 것이 무슨 의미인지 잘 이해되지 않는다. 늘 그렇게 바쁜 삶이 계속될 거라 생각한다. 젊고 예쁜 배우들은 넘쳐나고, 자신은 나이 들고, 작품은 상업성 운운하며 나이 든 사람들의 얘긴 뒷전으로 친다.

언젠가 이런 인터뷰를 본 기억이 난다. 할리우드에선 나이 든 사람에게 상도 주지 않는다는 그녀의 말. 〈맘마미아〉 후 유럽의 어느 영화제에서 상을 받으며 말한 소감이었던 것 같다. 슬쩍 내비친 말 속에 그녀 연기 생활의 그림자가 느껴졌다. 나이 든 여배우가 느끼는 소외감이랄까. 하지만 이건 전적으로 내 생각이다. 그러나 이후 그녀는 〈철의 여인〉으로 두 번째 아카데미 여우주연상을 받는다.

변화무쌍한 그녀도 집에선 살림하는 평범한 여자인가 보다.

"집안일은 언제나 제 몫이죠. 강아지 돌보는 일까지요."

약간 푸념 섞인 그녀의 말이 소박한 아줌마 같기도 하다. 그런 그녀가 작품에선 어떻게 그런 광채가 날까 신기하다. 영화 〈악마는 프라다를 입는다〉에서 카리스마 넘치는 눈빛은 젊은 앤 헤서웨이를 무색케 한다. 경쟁자가 없을 정도로 혼자서 우뚝 서 있는 배우지만 캐서린 헵번은 그녀의 연기가 너무 계산적이라고 혹평했다고 한다. 그럼에도 그녀가 미국 '최고의 어머니상'이라는 생각엔 이견이 있을 수 없다. 자연스럽게 시간을 받아들였고, 40여 년 최고의 자리를 놓지 않는 열정적인 여배우. 다시금 그녀가 내 롤모델이 되었다.

요즘 현장에 나가면 내 나이가 제일 많다. 옛날엔 감독님부터 선배님들까지 의지할 곳이 많았는데 이젠 없다. 갈수록 배우 나이가 어려지는 것 같다. 옛 가족드라마에는 어른들이 많이 나왔다. 쉬는 시간이면 오래전 드라마 찍던 방송 현장 얘기를 옛날이야기 듣듯이 들었다. 모든 게 생방송이었던 시대, 심지어 광고도 생방송. 드라마 찍다가 카메라가 옆으로 돌아가면 미리 준비하고 있던 배우가 상품을 들고 선전을 한다. 다시 카메라가 돌아가면 드라마가 계속된다. 한번은 배우가 대사를 잊어버려서 화장실로 도망가는데 카메라가 화장실까지 따라간 일도 있었다고 했다. 그 어른들이 드라마 역사의 산 증인이다. 그런 선배들이 떠난 현장은 쓸쓸하다.

얼마 전 정보석 선배를 드라마 현장에서 만났다. 신인 시절 영화 〈젊은 날의 초상〉과 〈걸어서 하늘까지〉를 함께 작업했다. 이후 드라마도 한 편 했지만 거의 20여 년 만의 만남이었다. 반가웠다. 우리도 '노땅'처럼 동시녹음이 없던 시대 촬영장 얘길 했다.

동시녹음이 없던 시대엔 촬영이 훨씬 쉬웠다. 먼저 찍고, 편집

된 영상을 보고 후시로 녹음하면 된다. 대신 대사를 하는 입과 말을 동시에 맞추는 불편함이 있었지만 선수들은 다 잘했다.(선수들이란 찍을 때 계산해서 대사를 하고 녹음할 때 호흡과 대사를 잘 맞추는 배우들을 말한다.)

그러다 어느 날 동시녹음이 시작됐다. 촬영장엔 커다란 붐 마이크가 등장했고, 촬영은 계속 중단됐다. 마이크가 화면에 걸려서 NG, 비행기 소리 때문에 NG, 옆집 개 짖는 소리로 NG, 여름엔 매미 소리로 거의 촬영이 마비될 지경이었다. 시간은 없고 촬영은 안되고 현장 스태프들의 불평은 최고조에 이르렀다. 동시녹음이 계속될 수 있을까? 그래도 시대는 동시녹음을 원했다. 지난 시간을 함께 보낸 선배와의 수다가 즐거웠다. 그렇게 우리는 시간을 먹었다.

2015년 그녀의 영화 〈어바웃 리키〉를 봤다. 역시나! 앞으로도 오랫동안 메릴 스트립의 작품을 보게 될 것 같다. 그녀는 몇 살까지 배우를 할까? 캐서린 헵번이 87세까지 연기를 했다니 아마 그녀도 건강하다면 언제까지라도 작품을 하겠지. 주디 덴치가 82세에도 주인공으로 열연하는 걸 보면 메릴 스트립의 행보도 그에 못지않을 듯하다.

그녀는 어떤 모습으로 변해갈까? 또 우리를 얼마나 놀라게 할 작품을 보여줄까? 그리고 우리에게 무슨 말을 걸어올까? 난 또 그

녀를 보면서 무슨 꿈을 꿀까? 앞으로도 20년 이상 그녀의 작품을
볼 것이란 생각만으로도 푸짐한 선물을 받은 기분이다.

배우의 언어는 아름다워야 한다

제프리 러시

지금 그 모습

그대로 충분하다.

그의 연기를 보는 것만으로 좋다.

'배우의 언어는 아름다워야 한다'는 내 지론이다. 배우는 언어를 통해 연기를 한다. 당연하다. 상황이나 역할에 따라 다르겠지만 기본적으로 정확한 표준말을 구사할 수 있어야 한다.

내가 영국식 영어를 배우고 싶게 만든 배우가 제프리 러시였다. 어쩌면 그렇게 언어를 잘 구사할까? 물론 말만 잘하는 건 아니다. 연기파 배우다. 언어 구사력은 연기의 시작이자 끝이다. 정확한 언어 구사는 작품을 보는 관객들의 귀를 시원하게 해준다. 언어가 마치 음악처럼 들린다. 영어가 모국어가 아님에도 난 그의 언어에 빨려 들어간다.

말이 정확한 배우는 연기를 잘하는 것처럼 보인다. 아니, 연기를 잘하니까 말을 정확하게 하겠지. 말을 정확하게 하지 못하는 배우는 대사 전달 능력이 떨어진다. 아무리 연기를 잘하려 해도 일단 언어의 장벽에 막혀 연기력 논란의 대상이 된다. 자연스럽게 하는 것과 못 알아듣게 하는 건 분명 다르다. 그럼에도 말 배울 생각을 하지 않는 배우들이 거의 전부다. 외모에 신경 쓰는 반만이라도 언어 배우기에 투자한다면 배우 되는 길이 쉬울 텐데, 그건 내 생각뿐인지도 모르겠다.

그는 20년간 연극 무대에만 서다가 40대 초반 〈샤인〉으로 영화에 데뷔한다. 그리고 1997년 그 작품으로 아카데미 남우주연상을 수상한다. 20여 년 연극만 했던 그가 무슨 이유로 영화를 하게 됐을까? 연극만 했다고 해도 전문가들은 그를 알았을 텐데 그전에 단 한 번도 러브콜이 없었을까?

한 인터뷰에 따르면 자신은 영화에 적합한 외모가 아니라고 생각했다고. 그래서 연극만 하다가 매니저를 통해 〈샤인〉 시나리오를 받았고 작품에 감명을 받은 나머지 마침내 영화 출연을 결심했다고 한다. 우린 그가 잘생겼길 원하지 않는다. 지금 그 모습 그대로 충분하다. 그의 연기를 보는 것만으로 좋다. 어떤 캐릭터든 자신의 이미지로 만들어버리는 배우이면 된 거다. 어찌 됐든 우린 20년간 숙성된 멋진 연기를 볼 수 있는 기회를 얻었다. 좋은 와인의 뚜껑을 열었을 때 나는 '펑' 소리처럼 누군가 열어주길 바랐던 듯 화면 가득 채워진 그의 열정과 만났다.

그는 하루아침에 세계가 집중하는 배우가 됐다. 이후 그는 연기파 배우의 행보를 이어간다. 사드 후작의 이야기를 다룬 〈퀼스〉에 출연한다. 2000년 제작된 필립 카우프먼 감독의 작품으로 케이트 윈슬렛과 공연한다.

사드 후작은 젊어서 성적 쾌락을 추구하다가 37세의 나이에 감옥에 투옥된다. 단순한 성적 쾌락이 아닌 사회에 무리를 주는 음란 행위와 가학적인 행동으로 감옥과 정신병원을 오가다가 결국 감옥에서 최후를 맞이한다. 그는 감옥에서 집필 활동과 연극 작업을 한다. 물론 그가 쓴 소설이나 희곡들도 외설 논란으로 세상에서 외면당했다. 20세기에 들어서 초현실주의자들에 의해 사드 후작은 재발견되어 문학사적으로 정신분석학적으로 연구된다. 모든 사회적 인습을 뒤로하고 자신의 욕망에만 충실했던 인간, 성적性的 대상에게 육체적, 정신적 고통을 줌으로써 성적 만족을 얻는 이상異常성욕이라는 뜻의 단어 사디즘(sadism)의 어원이 된 인물. 현대사회가 안고 있는 성도착증이나 연쇄살인마들의 병적 현상들을 사드 후작의 행동과 작품만큼 잘 설명한 경우가 있을까? 18세기 중반 이미 그가 범했던 기이한 행동들이 지금에도 벌어지는 걸 보면 '역사는 과거다'라고 치부하기엔 뭔가 부족함이 느껴진다.

영화에서도 문란한 성적 언어들과 표현들이 범람한다. 광기 어린 눈빛과 욕망이 번득이는 애절한 연기는 누구도 그만큼 할 수 없을 것 같다. 감옥에서 27년이란 긴 시간을 보낸 귀족의 초라한 모습과 비뚤어진 삶, 색정에 발광하는 욕망의 화신으로 변한 제프리 러시. 그가 아니고 누가 그 역할을 할 수 있을까? 글쎄, 아무도 생각나지 않는다.

2013년 〈베스트 오퍼〉에서는? 이미 나는 〈킹스 스피치〉에서 그의 화술에 반해 있었다. 오스트레일리아 출신이라는데 그는 완벽한 영국식 영어를 구사한다. 왕의 말더듬증을 고쳐주는 선생님 역할을 유려한 언어로 소화한다.

〈베스트 오퍼〉에서는 감정사 겸 경매가 역할이다. 결벽증에 까

탈스러운 경매가 버질 올드먼, 사랑 한번 안 해보고 늙은 그는 그림 수집이 직업이자 취미다. 그런 그는 어느 날 그림 감정을 부탁한 한 여성 의뢰인과 사랑에 빠진다. 다를 것 없던 일상이 활기에 찬다. 난생처음 사랑에 빠진 그는 그녀와 결혼을 약속하기까지 한다. 그러나 그녀는 그가 일생 동안 모아온 그림을 몽땅 가지고 어디론가 사라진다.

마지막 장면은 가히 최고다. 영화 초반에 보여줬던 깔끔한 신사 이미지와는 180도 달라진 모습, 황폐한 얼굴로 허공을 헤매는 시선과 초라해진 늙은이의 몰골이 딱 그 상황을 대변했다. 마지막에 버질의 모습은 어떻게 변할지, 영화를 보는 중에도 내내 궁금했었다. 군더더기 없이 깔끔한 연기가 과연 제프리 러시답다고 생각됐다.

물론 영화의 전반부에 나오는 경매 장면에서 그의 화술도 한몫한다. 재빠르게 진행되는 경매를 능수능란하게 이끌어간다. 그러면서도 슬쩍 자신의 이득을 철저히 챙기는 모습에서 주인공 버질의 삶은 어느 정도 짐작된다.

우리나라에선 아쉽게도 대중적인 호응이 많지 않은 배우인 듯하다. 알수록 깊은 명배우 제프리 러시. 〈베스트 오퍼〉는 시작부터 끝까지 그의 연기를 실컷 볼 수 있었던 작품이다.

가끔 난 영화를 보면서 배우들과 대화를 한다.

당신은 이 장면을 위해서 무슨 공부를 했나요?

지금 그 인물에 접근하기 위해서 어떤 작업이 필요했나요?

지금 보여지는 건 너무도 맞는데, 현장에서 그 감정에 접근하기 위해 어떤 공을 들였나요?

작업이 힘들 땐 어떻게 스트레스를 푸나요?

작업하다 보면 현장의 상황에 내가 녹아들지 않을 때가 있다. 감정은 결말로 치달아 극적인 표현을 요구하는데 나는 감정을 처음부터 다시 시작해야 하는 상황들. 편집된 영상은 감정이 기승전결로 이어져 있지만 배우로서는 각기 다른 장소에서 촬영이 진행되고 어떤 땐 지난 감정들을 다시 불러와, 그 깊이를 처음부터 되짚어야 하는 과정이 필요하다. 외국의 작업도 우리와 별반 다르지 않다. 그 상황들을 어떻게 극복하고 그렇게 멋진 연기를 이어가는지 궁금하다.

특히나 고도의 연기를 요하는 작품에서 그들의 자연스러움을 보자면 정말 감탄이 나온다. 그런 것들이 늘 나의 숙제고 관심거리다. 다음엔 그가 어떤 역할로 변해서 우리에게 올지 궁금하고 기다려진다. 할리우드의 젊고 멋지고 싱싱한 배우에 비하면 나이 들어 늙수그레하고 볼품도 없는 그 배우가 왜 기다려질까? 연기를 잘하는 배우를 만나는 기쁨이 나에겐 큰 즐거움이기 때문이겠지.

명배우에게 외모란 필요 없는 걸까? 내가 가끔 하는 말이 있다. "얼굴도 예쁘고 연기도 잘하면 신이 불공평한 거야. 예쁜 배우들이 연기도 잘하면 못생긴 배우는 뭐 먹고살라고." 농담 섞인 이야기지만 사실인 부분도 있다. 대부분 연기파라고 칭하는 사람들은 '조각미남'이나 '절세미녀'는 아니니까.

혹시 그래서 연기파란 명칭이 생긴 걸까? 영화를 보고 있자면 그가 어떻게 생겼는지 생각할 겨를이 없다. 스토리에 빨려 들어가다 보면 어느덧 영화는 끝난다. 그렇다면 세상에 연기파 배우가 어디 그 사람만 있겠나? 그럼에도 굳이 다른 점을 찾자면 나는 그의 말하기 능력을 꼽고 싶다.

배우에게 연극의 경험이 필요한 이유는 여러 가지가 있지만, 그 첫 번째는 말하기 연습이다. 연극배우들은 무대를 장악하는 힘을 기르기 위해 여러 공부를 한다.

배우 김갑수 선배님은 어릴 때 목청을 키우기 위해 산에 가서 소리 지르는 연습을 매일 했다고 한다. 한 호흡으로 긴 대사를 끊지 않고 계속하는 연습도 한다. 한 호흡으로 얼마나 길게 말할 수 있나를 익히는 것이다.

또 연극은 두 시간 이상의 작품들을 전부 외우고 깊이 이해하는 작업이다. 매일 반복되는 공연으로 몸과 마음이 다져진다. 그런 것들에 익숙한 배우는 영화나 드라마 대사 때문에 고민하는 경우는 적을 것이다. 현장에서 말하기가 안 되는 후배들을 많이 본다. 짧은 대사 때문에 NG가 난다. 못 외우는 친구들도 있고 대사가 아예 안 되는 친구들도 있다. 못 외운다는 것은 안 외웠다는 얘기다. 안 된다는 것은 기초 실력이 부족하다는 얘기다.

나는 후배들에게 연극 무대에 서보길 권유한다. 그만큼 밀도 높게 연기를 배울 수 있는 작업은 없다. 드라마나 영화만 하다 보면 카메라 프레임에 갇힌 '작은 연기'에 길들여진다. 얼굴은 멋진데 걸으면 우스꽝스러운 배우들이 있다. 롱 풀숏을 찍을 때는 걷는 모습이 이상하다. 얼굴로만 연기를 하는 것에서 오는 부작용이다. 연기는 온몸으로 하는 것인데도 불구하고 카메라가 바스트숏(bust shot)이나 클로즈업(close up), 익스트림 클로즈업(extream close up) 등을 요구하다 보니 얼굴과 눈빛에만 집중되는 연기에 익숙해진 까닭이다. 그러다 보면 작품 전체를 이해하는 능력이 편협해진다.

그런 연기가 계속되면 지금 당장은 무리 없이 흘러가는 것처럼 느껴지겠지만 머지않아 자신이 할 역할들이 없어지는 상황이 온다. 젊고 예쁜 후배들은 몰려오고 나이는 들고 들어오는 역할들은 더 깊이를 요구한다. 그걸 표현하지 못하게 될 때 점점 내 위치는 줄어들게 되는 것이다. 미래를 준비해야 하지 않을까. 물론 연극이 만고불변의 정답은 아니다. 연극을 한 배우는 다 잘되는 것인가 묻는다면 또 그건 아니니까.

제프리 러시도 〈샤인〉을 촬영하면서 카메라 프레임에서 벗어나지 않기 위해 부단히 연기를 조절해야 했다고 한다. 무대의 메커니즘은 카메라와 다르니까 그것들을 상호 보완하는 작업들이 필요하다.

그의 멋진 언변에 난 늘 감탄한다. 대중들은 그런 디테일한 부분까지 눈여겨보지 않으리라. 연기와 음성, 거기에 더해서 말하기 능력이 그의 연기를 더 돋보이게 하는 것이다.

어떤 자리에서 연극영화과를 졸업한 후배의 얘기를 들었다. 학교에서 연극을 배운 게 현장에선 별 도움이 안 되는 것 같다는 것. 그 과정에서 정확한 발음을 배우게 된 것을 그 친구는 간과하고 있었다. 그게 얼마나 다른 배우들 사이에서 돋보이는지 그 친구는 모른다.

내 옆에 있던 제작자가 말한다.

"난 그 드라마에서 자기가 신인인데도 느낌 있게 연기를 잘한다고 생각했어. 그래서 오디션을 본 거야."

배우에게 말하기 능력은 아주 기본이다. 사실 기본을 자꾸 말한다는 게 이상하게 보인다. 프로의 세계에서 기본을 논한다는 게 아이러니할 수도 있다. 그럼에도 내가 계속 강조하는 것은 기본도 안 된 친구들이 현장에 나와서 얼마나 힘들게 연기 생활을 시작하는지 말하고 싶어서일 것이다.

영화에서 제프리 러시가 말하는 것에 귀 기울여보면 어떨까. 그의 언어가 내 귀에선 그 어떤 노래보다도 아름답게 들린다. 그를 만나는 기쁨을 누구나 만끽해볼 수 있다면 좋으련만.

주어진 시간을 잘 사는 사람

다니엘 데이 루이스

자신에게 주어진 시간을

잘 사는 사람들이 있다.

그 자체가 세상의 빛이 되는 경우를 본다.

아주 오랫동안 그를 영화에서 만날 수 없었다. 내가 기억하는 마지막 영화가 2002년 〈갱스 오브 뉴욕〉이다. 찾아보니 그 뒤에도 많은 작품을 했다. 내가 몰랐을 뿐. 2013년엔 영화 〈링컨〉으로 세 번째 아카데미 남우주연상을 탔다. 그가 은퇴했다는 소식을 들었던 기억 때문인 것 같다. 1997년 〈더 복서〉라는 작품을 마치고 돌연 은퇴를 선언했다가 2002년 마틴 스콜세이지 감독의 권유로 〈갱스 오브 뉴욕〉을 선택했다. 기억난다. 오랜만의 출연이라 그를 보러 일부러 극장을 찾았지.

다니엘 데이 루이스는 다작을 하는 배우가 아니다. 매년 작품을 발표하는 배우들에 비하면 그의 명성에 견주어 출연작은 적다. 그런 그는 작업이 없을 땐 구두를 만든다고 한다. 좀 의아했다. 구두를 만든다니? 독특하군! 대신 작업에 임할 땐 철저하게 그 인물에 빠져든다.

한때 그가 하는 작품마다 놀라움을 안길 때가 있었다. 1985년 〈전망 좋은 방〉, 1988년 〈프라하의 봄〉, 1989년 〈나의 왼발〉, 1992년 〈라스트 모히칸〉, 1993년 〈순수의 시대〉와 〈아버지의 이름으로〉 등 개인적으로 좋아하는 작품만 열거해도 이 정도다. 하는 작품마다 세계적인 명성을 얻었다. 내가 배우를 시작하고서 그 꿈을 펼칠 때 그도 제일 빛나던 배우였다.

그랬던 그가 왜 은퇴를 결심했을까? 배우에게 은퇴가 있을 수 있을까 싶어 좀 더 그를 알고 싶어졌다. 그는 역할 선택에 까다롭고 연기에 완벽을 추구하는 성격이다. 어떤 역할을 맡으면 그 인물로 살 정도. 〈나의 왼발〉을 찍을 땐 평소에도 휠체어를 타고 다녔고 〈데어 윌 비 블러드〉에선 텍사스 사막에 텐트를 치고 살면서 연기를 했다고 한다. 2013년 아카데미 시상식에서 자신은 운이 좋았다고 말했다는데 그의 숨은 노력을 보면 운만으로 상을 타는 건 아닌 듯하다.

배우로 한창 성공의 가도를 달릴 때 그 일을 접고 6년간이나 구두를 만들었던 사람. 6년은 결코 짧은 시간이 아니다. 그것도 배우를 은퇴하면서까지 말이다. 그 긴 시간 세상 사람들 관심에서 멀어져서 조용히 구두를 만들었던 그를 생각해본다. 자신의 한계를 느꼈던 걸까? 시끄러운 세상이 싫었던 걸까? 그는 무슨 생각을 했을까? 그 긴 공백을 끝내고 다시 배우로 돌아온 그는 두 번이나 더 남우주연상을 받는다. 역시 배우가 그의 자리인지도 모른다.

그의 행보는 할리우드 배우들과는 다른 면모를 보여준다. 젊어서 명성을 날리던 알 파치노는 알코올중독을 고치기 위해 오랜 시간 싸워야 했다. 몇몇 배우는 우울증으로 인한 약물 과용으로 자살을 하기도 했다. 영화 〈버드맨〉의 그 나이 든 배우를 떠올려보면! 부와 명성과 인기를 누리던 배우가 쇠락한 노배우로 살면서 겪는 삶이 고스란히 나온다. 노년의 배우가 돌아보는 자신의 삶과 현재의 모습은 보는 내내 많은 생각을 하게 했다. 젊은 날 자신의 정체성이 확립되기도 전에 얻은 부와 명성이 한 인간을 어떻게 망가지게 했는지, 잃어버린 과거의 영광을 찾기 위한 배우의 삶이 얼마나 처절한지.

누구라도 빠질 수 있는 이 늪에서 다니엘 데이 루이스는 자신을 지키고 싶었던 걸까? 배우의 삶이란 빛날수록 그 빛의 세기만큼 고독의 그림자를 짊어져야 하는 고단한 직업인 것이니까. 화려한 스포트라이트 뒤에 존재하는 세상은 사람들이 생각하는 것처럼 달콤하지만은 않다. 그 실체를 알게 됐을 때 홀연히 그처럼 세상을 떠날 수 있는 사람이 몇이나 될까? 『경행록』에 의하면 사람은 명예를 버리는 것이 제일 힘들다고 한다.

옛날에 이름나는 것을 극도로 싫어하는 한 도인이 있었다. 그의 가르침의 태반은 '명예를 멀리하라'는 것이었다. 그러자 그의 가르침에 감복하여 따르는 자가 많아졌다. 견디다 못한 그 학자는 깊은 산속에 숨어버렸다. 모두 진정한 도인이라 칭송이 자자하였다. 그러나 얼마 뒤 그 도인을 쉽게 찾을 수 있었다. 산 입구에 자신의 신발을 벗어놓고 갔기 때문이다. 아! 피명避名은 난難이로다.

물론 잠시 은둔했던 시간에 내가 지나친 의미를 부여하는 것인지도 모른다. 하지만 난 그의 용기를 인정하고 싶다. 매체와 대중에 노출되는 것을 극도로 꺼린다는 그였기에 가능한 행동일 것이다. 그토록 까칠한 그가 결국은 다시 배우로 돌아온다. 어찌 됐든 이제 그는 구두 만드는 사람이 아닌 배우다.

현대의 도식에 따르면 배우는 상품이다. 구매력이 떨어지는 배우는 한물간 배우다. 언제나 그렇듯 관객이 있어야 배우가 존재한다. 하지만 요즘 관객들은 그 도를 넘는다는 생각이 들 때가 있다. 팬이라는 이유로 자신이 좋아하는 배우를 소유물로 만들고 싶어 하는 사람들. 자신의 얼굴은 뒤로 숨기고 세상에 노출되어 있는 대상을 향해 주먹질을 하는 사람들. 배우도 상처받는 인간이다. 적어도 어떤 배우를 좋아한다면, 그를 지켜봐주는 여유로움과 응원의 박수가 더 필요하진 않을까? 영화 〈다이애나〉에서 나오미 와츠가 파파라치들을 피해 쇼핑백을 들고 뛰어가던 장면은 의미심장하다. 배우 니콜라스 케이지는 자신 집 주위에 있는 기자들을 향해서 총을 쏘기도 했단다. 사람들이 다 다르듯이 배우들 성향도 각양각색이다. 대중 친화적인 배우가 있는가 하면 배타적인 배우도 있다. 늘 그 경계에서 논란이 있다. 그것은 개인적인 취향이지 옳고 그름의 문제는 아닌 것 같다. 대중 친화적인 것도 좋지만 자신의 성향이 허용하는 한도에서만 가능해야 무리가 없지 않을까. 세상을 떠들썩하게 하는 배우들이 모두 사회적 이슈에 적극 동참

하고 확실한 정치적 노선을 가져야 하는 건 아니다. 물론 그 배우의 힘으로 세상이 좀 더 나은 방향으로 나아간다면 기꺼이 영향력을 발휘할 범위를 설정할 수 있다. 하지만 그것도 자신의 허용 한도 내에서 가능한 일이다.

자신에게 주어진 시간을 잘 사는 사람들이 있다. 그 자체가 세상의 빛이 되는 경우를 본다. 배우의 일에 '나 자신'이 없다면 다시 한 번 생각해볼 일이다. 특히나 몸짓 하나에도 말 한마디에도 세상의 이야깃거리가 되는 배우일 때는 더하다.

그런 이유로 난 다니엘 데이 루이스가 좋다. 그의 사생활은 알 수가 없다. 그 점도 맘에 든다. 그렇게 자신의 삶 속에서 철저히 배우로 살아가는 그가 멋지다. 영혼을 바치는 연기를 한다는 찬사가 괜히 나온 말이 아니다. 배우 캐서린 헵번은 이런 말을 했다. "나는 세상 사람들이 나에 대해 뭐라고 하든 그것이 진실이 아닌 한 전혀 신경 쓰지 않습니다." 누구보다도 자의식이 강했던 여배우가 할 만한 말이다. 세상이 뭐라고 해도 묵묵히 앞만 보고 걷는 사람들, 그렇게 버티는 힘이 있었기 때문에 지금의 그가 배우로 존재하는 것이겠지.

아직 영화 〈링컨〉은 못 봤다. 그의 영화를 이내 보게 될 거라는 기대만으로 가슴이 설렌다. 링컨으로 다시 태어난 그를 빨리 만나고 싶다.

그녀의 숨결
케이트 블란쳇

영화 내내 그녀를 찾아다녔다.

어디에도 그녀가 없었다.

내가 잘못 알았다고 생각했을 무렵, 그녀가 눈에 보였다.

영화 〈노트 온 스캔들〉을 봤다. 젊은 그녀의 모습이 생소했다. 와! 케이트 블란쳇이 이렇게 예쁜 배우였다니! 신선한 에너지는 물론 투명하리만치 하얀 피부가 젊음 그 자체였다. 2006년 작품이 니까 그녀가 서른일곱 살 때의 모습이다.

1998년 미국으로 잠시 공부하러 갔을 때 영화 〈엘리자베스〉로 케이트 블란쳇을 처음 봤다. 영어에 능숙하지 않았음에도 그녀의 연기에서 눈을 뗄 수가 없었다. 이 영화는 그녀의 초창기 영화다. 할리우드에서는 신인에게 그렇게 큰 작품을 맡기는 것에 부정적이었고 흥행 실패를 예고했다고 한다. 그런데 영화 개봉 후 그녀는 세계적인 배우가 된다. 당시 〈셰익스피어 인 러브〉의 기네스 펠트로가 아카데미상을 받았지만 다들 케이트가 탔어야 한다고 생각했다니. 신인이었지만 그녀는 연기만큼은 완벽한 엘리자베스 여왕이었다. 대학에서 연극을 할 때 이미 그녀는 제프리 러시의 눈에 띄었다. 이후 할리우드에 진출, 〈엘리자베스〉로 이름을 널리 알렸지만 그녀는 이후 호주에서 연극과 단편영화 등 자신의 연기력을 키우는 작업에 집중한다. 아이도 낳고 가정도 가꾸면서 안팎으로 바쁜 시간들을 보낸다. 극단을 운영하기도 했다. 물론 여러 영화에도 출연한다. 〈반지의 제왕〉의 흥행은 누구에게도 알려진 일이다. 아내와 두 아이의 엄마로서의 책무 그리고 그녀가 한 작업들을 생각하면 그 많은 에너지가 어디서 나왔을까 싶을 정도다.

또 내가 놀란 작품은 2007년 영화 〈아임 낫 데어〉다. 영화 내내 그녀를 찾아다녔다. 어디에도 그녀가 없었다. 내가 잘못 알았다고 생각했을 무렵, 그녀가 눈에 보였다. 싱긋 웃는 모습이 그녀였다. 그때의 감정을 뭐라고 해야 할까? 달콤한 배신. 어떻게 그렇게 완벽하게 사람들을 속일 수 있는지.

2013년 우디 앨런 감독의 〈블루 재스민〉은 그녀의 모든 것을 완벽하게 보여준 작품이다. 연극 〈욕망이라는 이름의 전차〉를 기저로 했다는 이 작품은 그래선지 내게도 친숙했다. 우디 앨런은 이 작품을 현대로 가져오면서 한 여자의 욕망과 파멸을 신랄하게 파헤친다. 영화 곳곳에 묻어나는 그녀의 연기력에 감탄사를 연발했다. 눈빛, 손짓, 발걸음, 몸의 움직임 등이 말로 하는 대사보다 더 그 인물에 집중하게 만든다. 이 작품으로 〈엘리자베스〉 때 놓친 아카데미 여우주연상을 거머쥐었다. 그때보다, 물론 비교할 필요도 없는 일이지만 훨씬 당당한 수상이다. 그녀는 타고난 배우일까 노력파일까? 완벽주의를 추구한다는 그녀의 말에서 부단한 노력파이지 않을까 짐작해볼 뿐이다. 하지만 노력하면 다 그녀 같은 배우가 되는 것인지는 알 수 없다.

니콜 키드먼, 나오미 와츠와는 같은 나라 출신이지만 행보는 각기 다르다. 젊어서 니콜 키드먼은 대작의 주인공으로 이름을 날렸다. 나오미 와츠도 쉬지 않고 작업들을 했다. 큰 작품뿐만 아니라

규모를 가리지 않고 작지만 예쁜 여러 역할들을 해낸다.

반면 케이트 블란쳇은 작품성이 짙은 작업에 집중한 것처럼 보인다. 주인공뿐만 아니라 물론 작은 역할들에도 출연한다. 영화 〈신데렐라〉에서는 계모 역할을 하기도 했다. 케이트가 아니라면 기억나지 않는 역할이다. 유추해보건대 절대적으로 주인공을 주장하는 것 같지 않다. 그럼에도 그녀가 주인공을 했던 작업들은 너무도 강렬해서 쉽게 지워지지 않는다.

그녀는 예쁜 배우라기보다 개성 있는 배우다. 환하게 웃을 때 두드러지는 큰 입과 높은 코, 각진 턱은 니콜 키드먼이나 나오미 와츠에 비해 여성적이지 않다. 그녀가 선택한 작품들에서 마주할 수 있는 여성성이나 기품 있는 면모도 단지 '여자'라는 성 정체성을 넘어서 '인간'에서 발현한 것들이 많다. 그게 그녀가 작품에 대해 가지고 있는 생각이 아닐까? 작품을 포용할 수 있는 폭이 넓다. 나이가 들수록 차지하는 배역이 줄어가는 현실에서 케이트 블란쳇은 예외일 듯하다. 오히려 나이에 갇히지 않는 혹은 성별에 갇히지 않는 다양한 역할들로 더 깊이 있는 배우가 될 것 같다.

그녀를 볼 때면 지나간 여배우들이 생각난다. 젊었을 때 빛을 발하던 그 많은 여배우들이 지금은 어디에? 가끔 영화를 볼 때면 기억나는 얼굴들이 보인다. 아, 그녀가 저렇게 늙었구나! 나이 듦의 서글픔이 아니라 배우로서 자신의 이름을 잃어버린 듯한 모습이 안타깝다고 해야 할까.

물론 나이가 들어도 매력 있는 배우들이 많다. 난 요즘 샬럿 램 플링이 참 좋다. 영화 〈45년 후〉에서 그녀는 일흔 살의 나이가 느껴지지 않을 정도로 멋지다. 젊게 보인다는 말이 아니라 나이 듦의 기품이 멋지다. 작품은 슬몃 지루하다고 볼 수도 있다. 두 노부부의 이야기가 뭐 그리 손에 땀을 쥘 정도로 진진한 이야기일까. 그런데 끝나는 순간까지 긴장을 늦출 수 없었다. 영화 엔딩에서 그녀의 눈빛과 호흡은 넘치지도 모자라지도 않음, 딱 그 자체였다. 아주 작은 느낌 하나도 지나치지 않고 잡아내는 그녀의 연기가 돋보였다. 그녀는 일흔에도 충분히 숨막힐 정도로 아름다운 여자다.

반면, 브리지트 바르도는 나이 든 자신의 모습을 보이기 싫다고 30대 중반에 은퇴한다. 우리의 영원한 뮤즈 오드리 헵번도 나이 들어서는 국제 구호활동에 매진한다. 나이 들어도 멋진 배우를 만나고 싶은 우리의 바람과는 반대되는 배우들이다. 인생이 나이 들어서 쓸쓸하거나 재미없기만 한 거라면, 계속 삶을 살아가야 하는 우리들은 저 너머 무엇을 바라보며 가야 하는 걸까.

이건 또 다른 문제지만, 〈원초적 본능〉의 샤론 스톤은 섹시한 배우 그 이상을 넘지 못하는 것 같다. 오히려 줄리언 무어가 나이 들수록 더 좋은 연기를 한다. 귀여움과 청순함으로 1990년대를 풍미했던 멕 라이언은 작품에서 볼 수가 없다. 아! 미셸 파이퍼도 있다. 섹시하고 청순하면서 지적이던 그녀는 어디 갔을까? 〈퍼스널 이펙츠〉의 미셸 파이퍼는 20대라고 해도 믿을 정도로 돋보이는 외모였다. 그렇지만 그게 전부인 느낌이었다. 50대 여인과 30대 남자가 사랑을 나누기에는 많은 장애들이 있어 보였다. 오히려 나이 든 주름진 얼굴과 몸짓이 더 낫지 않았을까 생각했다. 자기보다 스무 살이나 어린 남자 앞에서의 행동들이 오히려 영화의 흐름을 방해했다. 할리우드의 방정식으로 풀 수 없는 과제겠지만. 미셸 파이퍼에게 내가 너무 많은 것을 요구하는 것인지도 모르겠다. 그런데 만약 이 역할을 케이트 블란쳇이 했다면 어땠을까?

배우도 잘하는 한 가지로 긴 인생을 표현하기엔 역부족이란 생각이 든다. 젊을 적에 운 좋게 명성을 얻었다면 그 명성을 유지하기 위해 여러 노력이 따른다. 작품을 보는 안목을 키울 것, 그리고 자신이 중요하지 않다고 생각하는 것에 휘둘리지 않는 평정심을 가꿀 것. 그것이 또 하나의 방법이 될 것 같다. 케이트 블란쳇을 보면서 그런 생각에 힘을 얻는다.

〈캐롤〉의 그녀를 다시 마주한다. 영화에 투자도 했다고 한다. 〈캐롤〉은 성공했으니 앞으로 제작자인 그녀를 볼 수 있겠다 싶다. 그녀가 투자하는 작품은 뭘까 궁금하다. 그 작품들을 보면 그녀의 생각을 더 확실하게 알겠지. 그렇게 영화 시장에 다양한 개성이 숨 쉬는 영화들이, 그녀만의 숨결이 드러나는 영화가 자라나기를.

연기를 하되 연기하지 않는 연기
이순재

결국 '꽃'이란 예술의 궁극적 경지를 가리키는 말이리라.

제아미가 말한 그 '꽃'을 본 걸까?

그런 것 같다.

명동예술극장에서 아서 밀러의 연극 〈시련〉을 관람했다. 이순재 선생님, 그 연세에 연극 무대를 떠나지 않는 모습은 뭉클함을 안겼다. 연극이 끝난 뒤 선생님 곁에 모여든 모든 후배들의 바람은 한 가지였다.

"선생님 모습 보면서 고무됐어요. 저도 오래오래 무대에 설 수 있게 관리 잘해야겠어요. 선생님 정말 짱이세요."

선생님은 후배들에게 선망의 대상이다. 나도 그 나이까지 무대에 설 수 있을까? 선생님처럼 오래오래 좋은 배우가 되고 싶다고 후배들은 생각한다.

우린 우연히 모인 자리에서도 그런 이야기를 하며 각자 지금의 위치를 되짚곤 한다. 아직 우리에겐 시간이 많다. 해보고 싶은 거 맘껏 하자!

선생님은 자신의 연극도 초대권조차 직접 구입해서 선물한다. 연극이 얼마나 어려운 상황인지 너무도 잘 아니까 하는 행동이겠지 하면서도 그 깊은 배려가 존경스럽다.

30대 초반 난 드라마 〈목욕탕집 남자들〉로 선생님을 처음 뵈었다. 같은 배우여도 늘 TV에서 봤던 선배님이랑 연기를 한다는 건 흥분되는 일이다. 당시 〈목욕탕집 남자들〉은 인기가 좋았다. 시청률이 좋으면 드라마 현장 분위기도 당연히 좋다. 분장실에선 늘 웃음꽃이 피었다. 그때도 선생님은 에너지가 넘치는 분이었다. 녹화하다가 잠시 시간이 나면 후배들에게 옛날 배우 이야기며 일본 드라마 이야길 해주셨다. 일본 NHK 방송국 견학 이야기도 그때 들었다. 당시 일본은 벌써 드라마를 사전 제작하고 있었고 우리나라도 빨리 사전 제작 시스템으로 바뀌어야 한다고, 그래야만 좋은 드라마를 만들 수 있다 하셨다. 그때가 20년 전 얘기다. 우린 아직도 사전 제작이 일반화되지 않았다.

선생님의 그런 앞선 시각을 들으며 후배들은 세상을 보는 지혜를 배웠다. 꾸준히 운동하고 늘 공부하셨던 선생님의 모습. 드라마에, 예능에, 학교 수업에, 연극까지 병행하다니. 가능할 것 같지 않은 스케줄을 강행하면서도 점점 더 얼굴에 활력이 넘치는 건 연기가 선생님의 천직이어서가 아닐까.

1961년 KBS 개국 첫 드라마 〈나도 인간이 되련다〉로 방송에 데뷔한 이후 지금까지 200여 편의 드라마에 출연했다. 방송 개국 첫 드라마라니, 선생님이 우리나라 드라마 역사의 산증인이라고 해도 될 터다. 대학 때부터 연극을 했으니 연극 인생도 만만치 않다.

젊어서는 지성적인 이미지의 배우였다. 그러다가 김수현 작가님의 〈사랑이 뭐길래〉라는 작품에서 분한 '대발이 아버지'로 권위주의의 상징적인 아버지상을 만든다. 이후 〈목욕탕집 남자들〉〈허준〉〈야인시대〉〈엄마가 뿔났다〉 등 다수의 드라마에서 다양한 역할들을 해낸다. 그리고 제3의 전성기까지. 〈거침없이 하이킥〉이라는 시트콤을 통해 젊은이에게도 폭발적인 인기를 얻는다. '야동 순재' 할아버지 역할을 너무도 천진하게 소화해냈다. 권위주의의 상징이던 분이 야동을 보는 할아버지 이미지를 단박에 뒤집어쓰다니, 그 신선함이 다시 한 번 세상을 흔들었다.

연기를 해왔던 오랜 시간들이 선생님을 자유롭게 했을까? 아니면 본디 자유로운 영혼을 갖고 계신 걸까? 그 연기의 유연성이 부러웠다. 그 이후 선생님은 다양한 프로그램에 마치 물처럼 아무 거리낌 없이 어울리셨다.

내가 예능 프로그램 〈룸메이트〉를 촬영할 때 선생님을 초대하기도 했다. 선생님의 연극 〈황금연못〉을 보고 집으로 함께 돌아왔다. 도착해서 후배들과 시간을 보내셨는데, 난 혹시나 선생님이 불편할까 맘이 쓰였다. 후배 배우도 아니고 아이돌 가수들이라 괜찮을지 부엌에서 저녁상을 준비하면서도 거실에 계신 선생님이 계속 신경이 쓰였다. 그런데 그건 내 기우였다. 소파에 누워서 영지와 잭슨의 안마도 받고, 뭐가 재미있으신지 연신 웃고 계셨다. 저녁상을 받고는 맛있게 드셨고, 프로그램에 필요한 촬영을 한 번의 거절도 없이 다 해주셨다. 선생님이 다시 보였다. 나는 되는 것보다 안 되는 게 더 많은데 선생님 수준에 닿으려면 아직 멀었구나, 생각했다. 이렇게 멋진 선배가 있다는 게 그날 후배들에게 은근히 자랑스러웠다.

난 선생님의 작품 가운데 영화 〈그대를 사랑합니다〉를 가장 감명 깊게 봤다. 강풀 만화 원작도 좋았지만 영화로는 어떻게 풀어냈을까 궁금했던 작품이라 개봉 후 얼른 극장을 찾았다. 영화의 끝 장면 선생님이 흘린 눈물이 오래도록 맘에 찡하게 남았다. 별로 다를 것 없는, 늘 봐왔던 선생님의 연긴데 이런 감정은 뭘까? 선생님이 그 인물에 그대로 투영된 듯한 느낌, 분명 연기인 걸 텐데, 연기를 하는 것 같지 않은 느낌. 그냥 그 인물 자체가 선생님이었다. 배우인 내가 혼동스러울 정도로 그 인물로 변해 있는 선생님의 연기에 난 홀딱 반해버렸다.

내가 가장 좋아하는 연기이론서 『풍자화전風姿花傳』. 이 책은 엄밀히 말하면 전통적인 연기이론서는 아니다. 15세기 일본 전통 유희 '노能'를 대성시킨 제아미世阿彌가 쓴 책이다. 책 제목에도 표현되는데, '꽃'에 대한 그의 이론이 잘 드러나 있다. 여기서 '꽃'은 '노'나 배우들의 매력 포인트를 지칭한다. 결국 '꽃'이란 예술의 궁극적 경지를 가리키는 말이리라. 그는 연령에 따른 연기 이론을 '꽃'에 비유하는데 그것이 참 절묘하게 지금 우리의 상황과도 일치한다. 연희자가 50대가 넘으면 '고목에 꽃이 피듯이' 연기해야 한다는 표현이 있다. 연기의 재능을 뽐내거나 젊음의 아름다운 외모가 없더라도, 작은 움직임에도 인생의 무게가 느껴지는 삶의 깊이를 꽃처럼 피워야 한다는 말이 아닐까. 이순재 선생님의 연기에서 제아미가 말한 그 '꽃'을 본 걸까? 그런 것 같다.

40대에 난 캐릭터의 변화가 내 연기 영역을 확장시킬 수 있다고 믿었다. 어느 정도는 그 도움을 받기도 했다. 내가 편하고 잘할 수 있는 작업보다 나를 변화시킬 수 있는 역할을 해내는 작업에 기쁨과 성취욕을 느꼈다. 그랬던들 나를 완전히 벗어나기란 불가능하다는 것도 알고 있었다. 그랬기 때문에 더욱 변화에 집착했는지도 모른다.

그런데 얼마 전부터는 다른 캐릭터 만들기에 연연하지 않게 됐다. 이상하다 생각될 정도로 어떤 역할이 주어지면 그 인물에 그냥 자연스럽게 다가가게 된다. 이렇게 해도 되나? 다른 배우들도 그럴까? 이런 게 연륜인가? 매너리즘에 빠지면 안 되는데 어쩌지? 여러 생각들이 오갔다. 그런데 그건 돌이켜 생각해보면 다름에 집중하기보다 그 인물에 집중했던 것 같다. 인물에 집중하다 보니 다른 캐릭터를 만들려는 노력이 굳이 필요 없어진 것이다. 같아 보여도 각기 다른 게 사람 사는 모습 아닌가? 앞으로 내 생각이 어떻게 달라질지는 몰라도 지금은 그렇다.

선생님처럼 'NO'가 없는, 안 되는 게 없는 배우가 된다면 그 길이 훨씬 더 가까워지겠지 싶다. 그것이 오랜 세월 배우의 외길을 걸어오셨고, 갈수록 그 인기를 더하는 선생님만의 비결이 아닐까 생각해본다.

타고난 배우와 노력하는 배우 사이
나문희

"어떤 인물에 들어가려면 걸음걸이,
손짓 등 몸의 느낌도 변해야 해.
그 인물의 몸의 느낌도 고민해야지."

작업을 하면서 한 배우와 자주 만난다는 건 참 드문 일이다. 보통 사람들은 배우들이 서로 다 잘 알 거라 생각하지만 그렇지는 않다. 난 드라마를 30년 가까이 했는데도 못 만난 선배님들이 더 많다.

그런데 나문희 선생님과는 참 많은 드라마를 함께했다. 〈도시인〉〈사랑하니까〉〈우리가 남인가요〉〈그대 아직도 꿈꾸고 있는가〉〈천하일색 박정금〉〈굿바이 솔로〉〈그들이 사는 세상〉 등. 이렇게 여러 드라마에서 만난다는 건 정말 특별한 인연이다. 게다가 선생님이 사랑했던 드라마 〈세상에서 가장 아름다운 이별〉에서 했던 역할을 영화에서 내가 맡기도 했다.

선생님은 노희경 작가와 표민수 감독을 서로에게 소개한 분이기도 하다. 난 우연히 노희경 작가를 통해 선생님 얘길 많이 전해 들었다. 〈세상에서 가장 아름다운 이별〉을 촬영할 때 매일 산에 오르면서 작품에 대해 기도하셨다고 한다. 〈내가 사는 이유〉의 바보 역할에선 연기가 잘 안 된다면서 울먹이며 연습실을 뛰쳐나가기도 했단다. 뭔가 연기가 풀리지 않으면 그걸 못 견뎌 하신다. 보는 우리는 괜찮은데 선생님 자신이 용납하지 못한다.

선생님은 평소에는 말씀이 없는 편이다. 그래도 작품 얘길 할 때면 이것저것 속을 풀어내신다.

"같은 바이올린이라도 누가 연주하느냐에 따라 다 다른 음색을 내지. 연기도 마찬가지 아닐까? 좋은 악기도 필요하겠지만 연주자하기에 따라 달라지지."

"촬영하러 나올 땐 집안일을 되도록 안 해. 그런 것들이 내 몸짓에서 나오는 게 싫더라."

일상과 일을 나누지 않으셨다. 평상시에 하는 행동이며 생각이 그대로 연기에 나온다고 말씀하셨다.

드라마 〈사랑하니까〉에서 선생님과 난 죽은 엄마와 딸로 나왔다. 미국 드라마 〈내 사랑 지니〉처럼, 물론 지니는 호리병에서 나오지만, 우린 죽은 사람들이 남편과 자식을 걱정해서 현실에 나타나는 상황이었다. 그때 선생님과 나만 죽은 사람 역할이었기 때문에 단둘이 있을 시간이 많았다. 그즈음 난 〈거짓말〉을 준비하고 있었는데, 그걸 알고 계셨던 선생님은 연습실에서 나와 고민을 함께해주셨다. 내가 대사에만 집중하고 있다고 생각하셨는지 이런 얘기도 하셨다. 급할 땐 이것저것 생각할 여유가 없다. 하마터면 놓칠 뻔한 중요한 부분이었다.

"어떤 인물에 들어가려면 걸음걸이, 손짓 등 몸의 느낌도 변해야 해. 그 인물의 몸의 느낌도 고민해야지."

선생님은 연기의 구체적 제시보다는 보이지 않는 추상적인 느낌들을 은유하셨다. 드라마 〈우리가 남인가요〉를 촬영할 때였다. 그때 난 〈바보 같은 사랑〉이라는 작품을 끝내고 인물로부터 아직

덜 빠져나온 상태였던 것 같다. 내가 하는 연기에 자꾸 지난 드라마 속 인물이 있었다. 그래선지 연기를 억지로 만들었나 보다. 하루는 선생님이 말씀하셨다.

"종옥아, 연기를 너무 하려고 하면 안 돼. 외국 배우들 보면 안 하는 것 같은데 잘하는 느낌들 있잖아. 네가 그랬으면 좋겠다."

그게 뭐지? 내 문제가 뭐지? 고민했다. 안 하는 것 같은데 연기는 하는 것, 참 어려웠다.

선생님의 연기는 어느 순간 폭발적이다. 그건 논리적으로 설명할 수 없다. 영감으로부터 오는 선생님만의 감정이 있다. 그런 연기는 선천적으로 타고난 배우들에게서 느껴지는 부분이라 해야 맞을 것 같다. 선생님의 모든 것이, 얼굴의 미세한 근육과 몸짓의 아주 작은 부분들까지 그 장면이 요구하는 감정들을 표현하기 위해 움직인다.

〈세상에서 가장 아름다운 이별〉에는 남편이 목욕을 시켜주는 장면이 있다. 내 기억이 맞다면, 선생님은 머리에 목욕 타월을 쓰고 계셨고 카메라는 선생님의 오른쪽에서 왼쪽으로 움직이고 있었다. 미동도 없이 가만히 앉아 계셨는데 선생님의 온몸이 감정으로 말했다. 그 어떤 대사들보다 더 짜릿한 감동을 주던 순간이었다.

〈굿바이 솔로〉에서는 말할 수 없는 과거의 미스터리를 가슴에 품고 사는 밥집 할머니 역할이었다. 동네 사람들은 그 할머니가

벙어리라고 생각한다. 그 드라마에서 선생님은 한 마디 대사도 없었다. 그런데도 어떻게 그런 미묘한 느낌들을 살려내시는지. 연기할 때는 차라리 대사 많은 역할이 편하기도 하다. 대사 외우는 수고로움만 견디면 표면적인 말 속에 모든 감정이 들어가 있으니까 따로 연기할 필요가 없다. 오히려 말없이 감정들을 표현해야 할 때가 정말 어렵다.

영화 〈안녕, 형아〉임태형 감독, 2005를 촬영할 때였다. 난 뇌종양을 앓고 있는 아이 엄마 역할이었다. 아이는 뇌수술을 받고 중환자실에 누워 있다. 남편과 난 머리 수건과 마스크를 쓰고 중환자실로 간다. 병실에 들어간 우리는 감독으로부터 감정들이 느껴지지 않는다는 지적을 여러 번 받았다. 눈만으로 여러 가지 감정을 표현해야 한다는 게 쉽지 않았다. 그때 나와 박원상 씨는 표현의 고통을 호소했다. 연기의 매뉴얼이 있었으면 좋겠다는 농담을 주고받을 정도였다. 그런데 선생님은 〈굿바이 솔로〉에서 말 한 마디 없이, 드라마의 중요한 스토리를 끝까지 끌고 갔다.

단순히 선생님을 영감이 발달한 타고난 배우라고 한다면 선생님은 뭐라고 답할까? 아마 아니라고 하실 게 분명하다. 역할에 빠져들기 위해 누구보다 고민하고 노력하는 분인 걸 안다. 그런 선생님의 역량 때문인지 여러 작품에서 재밌는 역할들을 많이 하신다. 〈거침없이 하이킥〉에선 '애교 문희' 역할을 얼마나 귀엽게 하셨는지. 지금 생각해도 슬며시 웃음이 나온다.

드라마에 영화만도 벅찰 텐데 연극도 놓지 않으신다. 살아 있을 때까지 연극을 하고 싶다고 하셨다. 연극을 한다는 것은 생각보다 힘든 일이다. 두 시간이 넘게 무대에서 버틸 수 있는 체력과 집중력이 필요한 작업이니까. 선생님의 연극 〈잘 자요, 엄마〉를 보고 분장실로 인사를 드리러 갔는데 선생님의 성난 목소리가 계단 쪽으로 흘러나왔다. 공연이 뭔가 흡족하지 않았던 것이다. 분장실에 가서 '여전한' 선생님을 뵈었다. 두 시간이 넘는 공연을 마친 배우답지 않게 목소리가 짜랑짜랑하셨다. 멈추지 않는 선생님의 열정이 부러웠다.

내가 한창 대학원에서 공부를 할 때였다. 〈굿바이 솔로〉를 함께 하던 선생님이 말씀하셨다.

"종옥아, 연기하는데 그렇게 공부를 많이 해야 되니? 넌 너무 공부를 해서 인물에 더 못 들어가는 것 같다."

맞는 말씀이었지만 난 공부를 멈출 수는 없었다. 맘으로 '공부 빨리 마치고 배우로 돌아올게요' 했다. 공부를 하다 보면 논리적이며 이성적인 사고에 빠져드는 경향이 생긴다. 그 부분에 대한 지적이었을 것이다. 학교에선 감성적인 사고를 없애야 했고 현장에선 이성적인 사고를 없애야 했다. 혼란의 시간이었다. 난 연기도 논리적으로 설명할 수 있으면 좋겠다는 생각이 많았다. 그건 내가

타고난 배우가 아니라는 생각에서 온 이유였다. 선천적으로 타고
난 배우들은 연기를 할 때 영감을 받는 것 같다.

예를 들면 난 내가 이해가 안 가는 부분들은 연기로도 잘 풀어
낼 수 없다. 온갖 상상력을 동원해도 뭔지 어설프다. 그래서 공부
가 필요했다. 그 감정을 이해하기 위해 필요한 도구들을 만드는
작업이 내겐 공부였으니까. 그 도구들이란 인물과 감정을 도울 수
있는 나만의 지도를 만드는 작업이라고 해야 할까? 그런데 타고난
기질이 많은 배우들은 이해 안 가는 부분도 유연하게 잘 해낸다.
그런 배우들과 작업할 때면 난 짓궂게 묻는다.

"그 부분 아까 보니까 이해 못한 것 같던데 잘하네? 이젠 무슨
감정인지 알겠어?"

"아니, 그냥 한 거야. 이런 느낌 아닐까 하고. 왜? 잘못했어?"

"아니, 잘해서 묻는 거야."

난 배우면서도 배우들이 늘 궁금하다. 하긴 죽어봐야 죽는 연기
를 잘하는 건 아니니까. 그래도 죽음의 문턱까지 갔다 온 경험이
있다면 그런 상황을 더 잘 표현할 수 있지 않을까 하는 게 내 생각
이다.

선생님은 성우로 배우를 시작했다. 그래선지 목소리가 참 청명
하다. TV를 옆방에 틀어놓고 들을 때가 많은 나에게 얼마 전 유독
이 살아 있는 선명한 선생님의 대사가 내 귀에 흘러들었다. 선생

님은 여전하시네!

어느 가을, 트렌치코트에 늘 즐겨 매시던 쁘띠 스카프를 하고 방송국에 들어오는 선생님의 모습이 외국 배우같이 멋졌다. 지금도 큰 키니까 그 시대엔 엄청 늘씬하셨겠다 싶었다. 그런 모습을 화면에서 자주 볼 수 없다는 게 안타깝다. 여러 무대에서 선생님의 여전한 매력을 마음껏 볼 수 있길 바란다.

그냥 배우

윤여정

독보적이어서 다른 배우를 생각할 수 없다.

여러 수식어도 필요 없다.

그냥 배우 윤여정이다.

얼마 전 부산국제영화제에서 윤여정 선생님을 뵈었다. 아주 오랜만이었다.

"종옥아, 너무 오랜만이다. 넌 전화해도 연락이 없니."

"제가 사는 게 좀 바빴어요."

"넌 참 무심한 게 있더라."

우린 이런저런 지난 이야기를 나눴다.

드라마 〈목욕탕집 남자들〉을 촬영할 때 선생님과 친해졌다. 선생님도 나만큼이나 낯을 가린다. 그래도 한번 당신 편인 사람에 대한 애정과 관심은 엄청나다. 잡지 화보에 얼굴이 넓적하게도 아줌마같이 나온 걸 보곤 "넌 참 얼굴 느낌이 잘 안 나오더라" 하면서 안타까워하셨다.

그 시절 난 어려워했던 연기들을 공부하러 선생님 댁에 자주 갔었다. 선생님은 자신의 경험을 들려주시곤 했다.

"내가 미국에서 돌아와서 다시 드라마를 시작할 때였어. 감정도 모르겠고 어떻게 해야 할지 몰라서 선배한테 물었지. 이건 어떻게 해야 돼요?"

"거기 대본에 다 쓰여 있잖아. 그렇게 하면 돼."

그때 선생님은 다짐하셨단다. 나중에 후배들이 연기에 대해 물어보면 성심껏 가르쳐주겠다고. 그리고 말씀하셨다.

"연기적 감성이 충만할 때도 있고 없을 때도 있는데, 그럼 감성이 있을 땐 100을 하고 없을 땐 0을 하면 평균이 50이잖아. 그럼 연기를 못하는 거야. 평균 점수를 80점 이상은 받아야지. 그러려면 감성을 연습하고 기억해서 없을 때도 80 정도는 하게 늘 준비를 해야 되겠지."

그러고는 열심히 자신의 것처럼 가르쳐주셨다. 눈물이 나는 장면엔 정말 그 감정에 몰입해서 대사를 읽어주셨다. 감정 신은 젊은 사람들도 몇 번 하다 보면 에너지가 소진되는 일인데, 당신의 역할인 양 감정을 다하는 모습을 보며 죄송하기도 하고 감사하기도 했다.

선생님은 노희경 작가와 드라마 〈내가 사는 이유〉를 함께했다. 그 작품으로 노 작가를 알게 되었고 가끔 우리 모임에 그녀를 초대하기도 했다. 그러던 가운데 나를 노 작가에게 소개하면서 하시던 말씀.

"종옥이가 자기 느낌을 내는 배우잖아."

〈거짓말〉에서 선생님은 나의 엄마 역할이었다. 대본을 받고 속절없이 헤매고 있을 때 선생님 댁에 찾아갔다. 도저히 그 인물의 실타래가 풀리지 않았다. 촬영 날은 다가오는데 마음이 불안해서 견딜 수가 없었다.

선생님이 하는 걸 눈으로 보면 알겠는데 나는 그 인물을 도통 알 수가 없었다. 그러다가 난 펑펑 울고 말았다. 그렇게 한참을 선생님 앞에서 울었다. 묵묵하게 나를 지켜봐주던 선생님이 말씀하셨다.

"이 작품 잘하겠네."

나의 고민이 무언지 알고 계셨나 보다.

그리고 마침내 〈거짓말〉 촬영에 들어갔을 때였다. 작품에서 난 가정이 있는 남자를 사랑했다. 그 장면은 그의 부인과 처음으로 만나는 자리였다. 이야기를 마치고 그녀는 먼저 자리를 떠났다. 카메라는 카페의 위층에서 아래를 부감으로 찍고 있었다. 감독은 그 장면의 마지막을 휑한 공간 안에 남겨진 작은 인물을 보여주면서 극대화된 감정을 표현하고 싶어 했다. 그때 난 혼자 남겨진, 사회에서 인정받을 수 없는 사랑을 하는 여자의 몸짓이 필요할 것 같은 생각이 들었다. 그래서 그의 부인이 자리를 떠나고 홀로 남은 쓸쓸한 감정을 나름 표현한다고 손으로 앞머리를 쓸어 올리면서 한숨을 쉬었던 것 같다. 화면이 커서 그 정도의 연기는 해야 내 감정이 제대로 표현될 거라고 생각했다.

그런데 그 장면을 보면서 선생님이 한 말씀 하셨다.

"종옥아, 거기서 가만히 아무것도 하지 않고 네 감정에 충실했어야지……. 물론 카메라 앞에서 가만히 있는다는 게 쉽진 않지. 하지만 정지되어 있는 느낌 안에서 너의 호흡들이 그 상황을 더 잘 말해줬을 텐데."

그 이후 작업하면서 뭔가 연기를 하려고 할 때마다 선생님의 말씀이 생각나곤 했다. 이런 연기가 여기서 꼭 필요한 건가? 너무 설명하려고 하는 건 아닌가? 감정을 내 안으로 끌어오는 게 더 나은걸까?

얼마 전 선보인 영화 〈죽여주는 여자〉는 정말 죽여주는 제목이다. 이재용 감독은 "윤여정이란 배우가 없었다면 나오지 않았을 작품이다"라고 했단다. 그 말을 선생님께 전했다.

"선생님 좋으시겠어요."

얘기를 들은 선생님의 한마디.

"그렇지 뭐. 저예산이지만 작품이 좋으니까 했어. 우리 같은 배우들이 할 작품이 많지 않잖아."

"저도 기대돼요. 재미있어요, 선생님?"

"재미있는 영화 아니야."

"아유, 영화가 잘 만들어진 것 같냐고요."

"내가 한 걸 보고 '와! 재밌다, 좋다'라고 말할 사람이 어딨니?"

선생님은 이슈가 되는 작품들을 많이 하셨다. 현재 한 영화관에서 윤여정 데뷔 50주년 특별전이 열린다. 영화뿐만이 아니라 드라마에서도 특유의 독특한 이미지를 만드셨다.

"난 혼으로 하는 연기 싫어해. 우리가 무당이니? 혼으로 연기를 하게."

"사람이 뭐 그렇게 여러 모습이 있겠니. 배우도 그렇지."

자신을 벗어나지 않으면서 다양한 역할들에 윤여정 특유의 향기를 불어넣는다. 윤여정이 아니면 안 되는 작품들이 있다. 선생님은 우리나라가 원하는 엄마의 보편적인 모습은 아니다. 모두에게 절대적으로 친숙하고 편안하게 다가가는 배우도 아니다. 때로는 너무 따져대서 피곤하다는 사람들도 있다.

그럼에도 그 존재감이 남다른 이유는 그녀만이 가진 독특한 개성 때문이다. 그녀를 멋지다고 생각하는 감독이며 관객들이 많다는 뜻이다. 그래선지 언제나 작품성 확고한 감독님들의 섭외 1순위다.

내가 선생님을 안 이후론 너무나 승승장구하셨다. 요즘 선생님의 말씀들은 촌철살인이다. 돈 때문에 작품을 한다, 박리다매다 등등. 개런티는 배우에게 있어서 때론 자신의 존재를 증명하는 자존심과도 같은 부분이지만, 오히려 선생님은 돈만을 위한 작업은 재미없다는 얘기를 돌려 하신 게 아닐까. 돈 때문이라면 개런티도 없는 작업을 그렇게 많이 하실 이유가 없다.

선생님은 자신의 일을 과장되게 말하는 법이 없다. 좋은 작품이 있어도, 혹여 좋지 않은 작품이 있어도 "그렇지 뭐"가 전부다. 적어도 내 기억에 자신의 잘난 부분을 한 번도 내놓고 얘기한 적이 없었다. 자신에 대한 칭찬에 인색한 편이다. 대신 싫은 부분은 자신의 얘기나 남의 얘기나 곧잘 하신다.

대중들 앞에선 늘 어색하고 부끄럽게 인사하신다. 선생님이 작품에서 표현한 이미지는 독보적이어서 다른 배우를 생각할 수 없는데도 말이다.

옷 잘 입는 배우, 깔끔하게 연기하는 배우, 안 할 것 같아도 여러 이미지들을 잘 소화하는 배우, 선생님 표현대로 돈 안 받아도 열심히 잘하는 배우, 여러 수식어도 필요 없다. 그냥 배우 윤여정이다.

영화 〈죽여주는 여자〉를 봤다. 선생님 말대로 재밌기만 한 영화는 분명 아니었다. 그런데 선생님이 나오면 피식피식 웃음이 나왔다. 나만 그런가 했는데 극장 곳곳에서 웃는 소리가 들렸다. 누가 배우 윤여정이 박카스 파는 할머니 역할을 할 거라 생각했겠는가. 영화는 쓸쓸한 노년의 이야기다. 노인을 상대로 성매매를 하는 박카스 파는 할머니. 명치끝이 체한 듯 꾹 눌리는 기분이 들었다.

그 이야기를 윤여정이 아닌 다른 누가 할 수 있을까? 너무 처량하지 않게, 어둡지 않게, 슬퍼도 슬프지 않게, 가끔은 선생님 특유의 유머를 섞어서 재밌게.

"삶이 그렇지 뭐 대단한 게 있나요?" 그렇게 말하는 것 같은 표정과 느낌들.

거기에 선생님 의상과 머리 스타일은 또 얼마나 멋진가? 그런 스타일을 소회해낼 수 있는 배우가 있을까 싶다. 그것도 그 역할에 맞게 촌스럽게, 적당히 여성스럽게 말이다. 영화를 보는 내내 나도 모르게 선생님이란 생각을 잊고 그 이야기와 그 여자에 빠져들었다. 무표정하면서 그 안에 모든 이야기를 담고 있는 그 모습이 아직도 내 맘에 남아 있다.

자꾸 연기하면서 뭔가 해야 한다는, 보여줘야 한다는 생각을 버려야 하는데 이렇게 선생님께 또 한 수 배웠다.

선생님, 이젠 정말 맘껏 기뻐하고 자신을 자랑해도 될 것 같아요. 그런 선생님을 뵙고 싶습니다.

그 들 이

사　는　세　상

진짜 배우가
되는 길

꿈에 지지 않았으면 한다.

비록 그 시간이 지난하더라도

산 한가운데 물을 주는 심정으로 간절히.

난 10년 넘게 중앙대학교에서 강의를 했다. 학생들은 중앙대학교 연극학과에 합격했다는 통지를 받는 순간 '아, 나도 배우가 되는구나'라는 부푼 꿈을 갖는다. 그 엄청난 경쟁을 뚫었으니 그런 꿈이 과한 것도 아니다.

난 보통 3학년 학생들을 가르쳤다. 그들에게서 내 모습을 보았다. 그들도 나와 다르지 않았다. 서서히 현실의 무게와 자신의 한계에 대한 고민이 시작되는 눈빛과 마주해야 했다. 그들 속에 지난 내 모습이 있었다. 시간만 나면 뭔가를 묻고 싶어 하는 후배들을 보면서 난 조금이라도 힘이 되고 싶었다. 학교엔 많은 교수님들이 있지만 현장에서 맞닥뜨리는 문제점들에 대한 고민을 함께할 사람은 없었다. 그랬으니 내 한마디가 그들에겐 단비와도 같았을 것이다.

내가 학점이 짠 교수였단다. 1점에 따라 장학금의 순위가 결정되는데 내 과목을 들어서 그걸 놓치는 학생들이 있었다고 했다. 그럼에도 내 과목을 들어준 그 친구들에게 고맙고 또 미안하다는 말을 하고 싶다. 내 의도는 사실 다른 곳에 있었다. 현장은 냉혹하다. 보호받는 습성을 들이고 싶지 않았다. 우리가 작업하는 현장을 피부로 느끼게 해주고 싶었다. '1분이라도 늦으면 지각, 결석 불가, 과제는 필수'가 내 원칙이었다.

나름 배우여선지 어딜 가나 "어떻게 하면 배우가 될 수 있나요?"란 질문을 많이 받는다. 학생들을 가르칠 땐 방송국 공채 시험을 보라고 권유했다. 이젠 공채 시험이 없어졌으니 공식적인 등용문이 사라진 상태다. 그럼 그 많은 배우 지망생들은 어떻게 배우가 되는지? 나도 궁금하다. 같은 작품을 한 후배들에게 물어본다. 대답은 각양각색이다. 그런데 대부분 아주 작은 역할부터 시작한 친구들이 많았다. 그렇게 하다 보면 5, 6년이란 시간은 훌쩍 지난다. 당연히 학교를 졸업하지 못한 친구들도 많았다. 드라마나 영화에 캐스팅되어서 촬영 일정과 수업 시간이 겹쳐 학교에 못 나가는 경우다. 배우가 공부도 잘해야 하는 건 아니니까 싶다가도 안타까운 건 사실이다.

학교에선 학교에서만이 할 수 있는 작업이 있다. 기성 배우들이 하지 못하는 부분들이다. 교양과목들도 마찬가지다. 그때가 아니면 배울 수 없는 것들이다. 한창 감수성이 예민한 나이에 친구들도 사귀고 그 시간을 즐겨야 한다. 난 후배들에게 말한다.

"학교는 꼭 졸업했으면 좋겠어. 시간을 쪼개 조금씩이라도 듣고 교수님께 읍소해 학점 이수하고, 과제는 제대로 제출하고. 잠은 좀 줄여도 죽지 않으니까."

어떻게 하면 진짜 배우가 될 수 있을까 다시 스스로 대답해본다. 꿈을 소중히 가꿔야 한다. 꿈에 지지 않았으면 한다. 비록 그 시간이 지난하더라도 산 한가운데 물을 주는 심정으로 간절히. 현실은 녹록지 않다. 나보다 뛰어난 사람이 언제나 사방에서 대기 중이다. 그 사이에서 주눅 들고 자신감을 잃으면 배우로 살아남을 수 없다.

그리고 중요한 것은 준비해야 한다는 거다. 연극을 하는 것도 좋은 방법이다. 통계에 의하면 연극배우 1년 급여가 500만 원, 한 달에 50만 원도 안 되는 돈으로 어떻게 살 수 있을까 싶지만 이것이 우리가 선택한 현실이다. 일약 스타가 되고, 광고 찍어서 돈 벌고, 멋진 차를 몰고 하는 '드라마 같은' 허상은 버려야 한다. 우리가 선택한 직업의 본질은 배우가 되는 것. 배우에게 무대 작업은 필수다.

심지어 영화과에 영화 연기 과목이 있다. 영화 연기와 연극 연기가 다른 건지 나도 몰랐다. 요즘 후배들은 자신의 남은 시간을 오디션 보는 것에 전부 투자하는 것처럼 보인다. 매체 배우가 되기 위해선 필요한 시간이겠지만 그게 전부는 아니라고 말하고 싶다. 그 긴 기다림이 배우에게 얼마나 힘든 시간인지 누구보다 잘 아는 나로선 후배에게 연극이나 무용, 노래 연습 같은 것에 시간을 투자하라고 권하고 싶다. 그런 시간을 성실하게 보낸 사람은 자기 세계를 가진 배우가 된다. 잘생기지 않아도, 예쁘지 않아도 배우가 된 우리 선배들의 행보를 보면 알 것이다.

우리나라만 그런 것이 아니다. 할리우드는 어떤가? 그리고 영국은? 무대를 거친 배우가 거의 대부분이다. 배우로서의 자신감은 대사 몇 줄 잘해서 얻어지는 것이 아니다. 내가 남들과 다른 내세울 만한 무엇인가 있는 것, 그것이 자신감을 만들어준다. 배우에게 무대는 그런 자신감을 만드는 장소다. 물론 그렇게 힘들게 배우가 된 뒤에도 넘어야 할 산은 많다. 할리우드의 기성 배우들이 무대에 서는 경우가 종종 있다. 현장에서 풀리지 않는 갈증을 무대에서 배우려는 노력이 아닐까!

할리우드는 꿈의 시장이지만 마냥 동경의 대상은 아닌 것 같다. 모든 것을 다 가진 듯이 보이는 배우들이 무명과 공백의 시간에 대부분 술과 마약에 손을 댄다. 그들에게도 기다림의 시간이 힘들기는 마찬가지였을까? 히스 레저는 20대 후반의 젊은 나이에, 필립 시모어 호프먼 역시 한창 주가를 올리면서 연기파 배우로 자리 잡을 즈음인 40대 중반 약물 과용으로 죽었다. 〈죽은 시인의 사회〉에서 열연했던 로빈 윌리엄스도 2014년 자살로 세상을 마감했다. 그 멋진 배우들이 그렇게 가다니, 현실이 안타깝다.

날 데뷔로 이끌었던 최상식 선배님은 말씀하셨다. 보석은 언젠가는 발견된다고. 세상이 나만 몰라보는 것 같아도 준비되어 있는 사람에게 기회는 온다.

『산 연기』에서 우타 하겐은 "준비되지 않은 배우는 햄릿을 할 수 없다"라고 말한다. 그럼에도 아무런 준비도 없이 일약 스타가 되는 사람들이 있다. 말 그대로 '스타'다. 별이 아무나 될 수 있을까? 그렇다고 그들이 마냥 행복한가 하면 그렇지도 않은 것 같다. 늘 연기력 논란의 대상이 되는 경우가 많은 걸 보면 말이다. 준비할 시간도 없이 '스타'가 됐는데 연기 공부 할 시간이 있었을 리 없다. 세상은 얼굴도 예쁘고 연기도 잘하길 바라지만 그렇지 못한 게 현실이다.

"어떻게 하면 배우가 될 수 있나요?"라는 질문 속에서, 정말 배우가 되고 싶은 거라면 준비해야 한다. 하지만 그 질문이 스타가 되고 싶은 거라면 나도 잘 모르겠다. 스타란 연기를 잘하는 걸 의미하지는 않는다. 연기를 잘한다고 스타가 되는 게 아니다. 그건 우리가 할 수 있는 일이 아니다. 하지만 다행인 건 연기를 잘하면 다른 기회들을 잡을 수 있다. 그 안에서 다양한 역할들로 자신을 맘껏 표현할 수 있다. 우린 그 기회를 잡기 위해 노력해야 한다. 그것이 우리가 할 일이다. 그리고 진짜 배우가 되는 길이다.

현장은
나의 힘

그날 이후 난 연기를 따로 할 필요가 없었다.
촬영장은 연기의 상상력에
날개를 달아주는 곳이다.

배우들의 연기 이야길 하자면 며칠 밤도 모자란다. 나는 영화나 드라마 속에서 배우를 만나는 것이 설레고 좋다. 그것은 사람들이 작품에서 재밌는 이야길 기다리는 그것과는 조금 다르다. 배우가 직업이다 보니 내 신경은 작품의 재미보다 배우의 연기에 집중된다.

저 상황에서는 그렇게 연기를 하는구나.

그렇지, 그렇게 말고 어떤 방법이 있겠어?

하지만 뭔지 매력이 없다.

나라도 그렇게밖에…… 뭘 더 할 수 있지?

아니야, 저기서는 상황보다 연기가 먼저 갔어. 뒷이야기에 뭔가 있을 거라고 다 말하고 있잖아.

감독의 포지션인가?

야! 저 배우 진짜 멋지다! 부럽다! 난 언제 저런 역할 할 수 있을까?

음, 저 배우도 이젠 정말 배우가 됐군. 어릴 땐 예쁘기만 했는데.

고생했겠다. 그래도 행복했겠네.

저 꼬마는 지금 저 감정을 알고 하는 걸까? 아님 연기의 천잴까? 대단한걸.

같은 눈빛에서도 저렇게 여러 번 감정이 변하는구나.

그렇지, 결국은 디테일이야. 섬세함을 놓치면 뭐가 있겠어. 남들과 똑같은 거지.

어려서부터 내 머릿속은 늘 '어떻게 해야 연기를 잘할 수 있지?'
란 생각으로 가득했다. 데뷔 때부터 연기 잘한단 얘길 못 들었기
때문일지도 모르겠다. 연기적 재능이 뛰어난 친구들을 보면 마냥
부러웠다.

내가 나라는 자존감을 갖기 전, 선배들의 연기를 모방했던 적도
있다. 나도 내가 누군가의 연기를 모방하고 있다는 걸 몰랐다. 어
느 날 한 감독님이 말씀하셨다.

"배종옥, 너 왜 연기가 그 선배랑 똑같냐? 네 것이 없잖아?"

뜨끔했다. 나는 그 선배가 연기를 잘한다고 생각했었다.

촬영 현장에 가면 선배들은 항상 경이로웠다. 선배들은 같이 웃
고 떠들다가도 슛이 들어가면 금방 눈물을 주르르 흘리면서 그 상
황에 집중한다. 인간으로 그게 가능한 얘긴가 싶었다. 대본 연습
땐 또 어떤가. 종이에 쓰인 글을 보면서 움직임으로 감정으로 글
을 읽는다(연기를 한다). 슬프게, 기쁘게, 화나게, 급하게, 미묘하게,
사랑의 감정으로, 싫어서, 좋아서, 미친 듯이……. 그 감정을 어떻
게 다 말로 할 수 있을까? 난 안 된다. 못한다. 언제 될 수 있을까?
그 길이 멀게만 느껴졌다.

하지만 이젠 후배들을 보면 웬만큼은 알겠다. 음, 저 친군 이런

문제가 있군. 저 친군 데뷔한 지 10년이 다 되는데 왜 이런 기본적인 것도 안 되지? 감정에 빠지지 못하네. 연습 부족이야. 좀만 하면 될 것 같은데 안 하는 걸까? 모르는 걸까? 열심히는 하는데 방법을 모르네. 이 친군 느낌이 좋다, 잘하겠어. 그러다 결론은 항상 '내 것이나 잘하자'다!

요즘 후배들은 선배들에게 잘 묻지 않는다. 소속사에서 지정해 준 연기 선생님에게 지도를 받고 온다. 현장은 늘 바쁘니까 선배에게 묻는 것도 미안할지 모른다. 나도 대학 강단에서 후배들을 10년을 가르쳤지만, 그 역할에 대해 가장 잘 아는 사람은 작품에 같이 참여하는 사람들이다. 함께 출연하는 선배들이나 감독만큼 그 작품을 꿰뚫고 있는 사람은 없다. 그 사람들의 조언이 답이다. 현장에 나오면 현장이 답이다. 우리가 시험 보러 가서 답 모른다고 선생님에게 전화해서 가르쳐달라고 하진 않으니까.

이런 에피소드는 사이먼 커티스 감독의 영화 〈마릴린 먼로와 함께한 일주일〉에도 나온다. 1956년, '세기의 섹스 심벌'로 불리며 전 세계의 사랑을 한 몸에 받던 마릴린 먼로는 영화 〈왕자와 무희〉의 촬영을 위해 영국을 방문한다. 왕자 역할을 맡은 로렌스 올리비에는 셰익스피어 연극을 통해 탄탄한 연기력을 인정받은 명배우로서 두 배우의 만남은 그 자체만으로도 언론과 대중의 관심을 받았다. 그러나 촬영은 시작과 함께 삐그덕거렸다. 마릴린 먼로는 로렌스 올리비에와 의견 충돌이 잦았고 특히 연기 방식이 달랐다. 당시 마릴린은 메소드 연기법을 익히는 중이었다. 메소드 연기란 배우가 극 중 인물에게 완벽하게 몰입해서 연기하는 방식을 말한다. 촬영을 할 때마다 무희 역할에 충실하고자 자신의 모든 것을 그 역할에 맡게 바꿔야 했고, 따라서 몰입을 위한 시간이 길어지는 건 당연했다. 그러다 보니 지각하기 일쑤, 이에 상대역인 로렌스 올리비에뿐만 아니라 대다수 스태프들의 불만이 커졌던 것이다.

촬영장에 거의 모든 물음에 대한 답이 존재한다. 내 촬영 때만이 아니라 다른 배우 촬영 때도 현장에 나가서 시간을 보내는 것이 좋다. 내 것만 하면 되지 다른 사람 것까지 알게 뭐야, 다른 사람 일하는 데 괜히 방해만 되겠지, 대본만 잘 보면 되지, 이런 자세는 그다지 유연하지 못한 듯하다.

얼마 전 김지운 감독의 영화 〈밀정〉을 봤다. 들리는 얘기에 의하면 배우 송강호는 영화 찍는 동안 촬영장에 한 번도 빠진 적이 없었다고 한다. 그만한 베테랑이 현장을 끝까지 지켰다니 대단하다 생각했다. 다니엘 데이 루이스도 현장에 천막을 치고 살면서 연기를 했다고 하지 않던가.

연기는 나 혼자 하는 게 아니다. 연기는 상대와 같이하는 호흡이다. 난 가끔 상대 연기에 반응만 했을 뿐인데 의외로 좋은 평가를 받을 때가 많았다. 연기에서 리액션(reaction)은 연기의 전부기도 하다.

영화 현장은 늘 같이 밥을 먹는다. 왜일까? 밥이 뭐 대수라고. 그런데 밥을 같이 먹는다는 건 큰 의미다. 가족이 타인과 다른 건 핏줄로 연결되어 있다는 점과 한 공간에서 같이 자고 같이 밥 먹는다는 것이다. 말 그대로 식구. 그들은 알게 모르게 닮아 있다. 촬영 현장도 그렇다. 현장에 오래 있다 보면 스태프들과 정이 든다. 그들과 함께할 시간이 많아지니 자연스럽게 대화가 이어진다. 작품에 대한 걱정도 하고 어떻게 할 건지 논의도 하고 대본도 보고 추위도 더위도 배고픔도 졸음도 함께 느낀다. 내 역할에 대한 그들의 생각도 알게 된다. 내가 보지 못했던 해석들도 들을 수 있다. 새로운 관점을 거저 받는 것이다. 항상 그 작품 안에 있는 그런 시간들 속에서 비로소 내가 그 역할이 된다.

배우에게 작품에 빠져서 지낼 때만큼 행복한 시간이 있을까? 그런 사람과 적당히 자기 것만 하는 사람과는 분명 다르다. 그런데 가끔 혼자 연기하는 사람들을 본다. 상대가 어떻게 하든 자기 것만 한다. 심지어 상대가 대사를 안 해줘도 된다. 그냥 자기가 준비한 것만 하면 되니까. 또 재밌는 것은 본인은 상대 배우 연기할 때 대충 해주면서 상대한테는 100퍼센트를 요구한다. 우리가 잘 알고 있는 유명한 배우들 가운데도 그런 사람들이 꽤 있다. 그 배우들은 자기 것만 한다. 심지어 자기 액션에 상대를 맞추려고 상대의 연기를 이렇게 해달라 저렇게 해달라고 요구한다. 7~10명 이상의 배우들이 나오는 장면을 찍을 때 '컷' 소리가 나면 항상 가운데 있는 사람은 어떤 배우라고 하니.

또 현장에 오면 배우들이 다 차에서 대기한다. 매니지먼트가 체계화된 이후 그게 매니저의 일인 것처럼, 마치 그게 배우를 대우해주는 것처럼 매니저가 현장을 오가면서 시간 되면 배우들을 부르고 그때야 배우들은 현장에 나간다. 안 그래도 시간이 없는데 어떤 배우들은 감독이 콜을 하면 한참 후에야 느릿느릿 걸어온다. 그러고는 연기가 되네 안 되네 할 수 있을까. 그런 배우가 무턱대고 예뻐 보이지는 않을 것 같다.

촬영장은 내가 연기할 장소다. 상황에 따라 다르겠지만 만약 그곳이 매일 생활하는 곳이라면 배우는 현장에 도착하면 차가 아니라 촬영장에 있는 게 맞다. 매니저가 부르기 전에 현장에 가서 앉아 있기도 하고, 물건들을 만져보기도 하고, 차도 마시고, 침대에서 잠도 자봐야 한다. 그곳에서 내가 사는 것처럼 움직여볼 때, 그 느낌들을 안고 연기하는 것과 그렇지 않은 것과는 분명 다를 것이다.

〈바보 같은 사랑〉을 촬영할 때였다. '옥희'는 옷 공장 팀장과 눈이 맞아서 시골로 도망을 간다. 조그만 방 한 칸에 코딱지만 한 부엌이 달린 곳이다. 대본을 볼 때는 별생각이 없었다. 현장에 도착해서 촬영 장소를 보는데 눈물이 왈칵 났다. 그야말로 너무나 보잘것없는, 두 사람이 눕기에도 좁은 방 한 칸. 그들이 사랑해서 선택한 상황이 이런 것이구나, 이런 상황에서 옥희는 어떤 마음일까? 아파서 가슴이 저렸다. 가여웠다. 그날 이후 난 연기를 따로 할 필요가 없었다. 촬영장은 연기의 상상력에 날개를 달아주는 곳이다.

현장이 거의 전부라는 생각을 한다. 작품은 홀로 또 같이 만들어 나가지만 그 모든 것이 펼쳐지는 곳은 현장이다. 사물이 현재 있는 곳. 일이 생긴 그 자리. 일을 실제 진행하거나 작업하는 그곳!

그게 시작이자 끝이다.

결국
사람

상대의 멋진 면을 보려 노력하고
상대를 좋아하기로 마음먹는다.
이심전심이면 가장 좋지만 이심전심이 되기 위해 노력하는 것.

가끔 사람들이 묻는다. 배우는 연기를 하지만 본능적인 감정의 동물이기에 연기할 수 없는 상황, 이를테면 상대방과 내가 너무 다른 인간일 때, 즉 비호감인 사람과 어떻게 작업을 하느냐는 것이다.

물론 배우도 사람이기에 호불호가 있다. 자존감이 대단하니 어쩌면 더 강하다고 할 수 있겠다. 마음에 맞는 사람들을 찾는 것은 누구나 알겠지만 정말 어려운 일이다. 그래서 내가 결심한 것은 의식적으로라도 작품을 함께하는 사람들, 상대 배우들을 좋아하려고 했다. 좋은 점만 보려고 애썼다. 인간이기에 단점이 있기 마련이다. 나 또한 마찬가지니 단점은 외면하는 편이다. 오히려 더 좋은 면을 보려고 하는 그런 마음의 작용이 중요하다. 미워하는 사람에게 사랑의 감정을 연기할 순 없으니까. 연기란 모두 마음의 움직임이다. 내 속에서 그를 사랑하는 마음이 없는데 어떻게 사랑의 감정이 진실되게 표현될 수 있으며 그것 때문에 슬플 수가 있을까? 마음이 없는데 감정이 움직일까? 마음이 없는데 눈물이 날까? 마음이 없는데 사랑할 수 있을까? 마음이 없는데 복잡한 감정의 표현이 가능할까? 마음이 없는데 눈빛만으로 감정을 움직이는 게 가능할까?

그래서 상대의 멋진 면을 보려 노력하고 상대를 좋아하기로 마음먹는다. 혹여 좋지 않은 부분도 나의 완벽하지 않음을 거울삼고

스스로를 설득한다.

현장에선 무조건 기분 좋게! 배우진과도 스태프와도 즐겁게 지내려 노력한다. 촬영 외의 시간도 그곳에서 함께한다. 그래서 되도록 현장에 빨리 나간다. 왜냐하면 배우의 주된 일은 연기를 잘하는 것이지만 현장의 가운데에 위치하는 사람으로서 그 현장의 기운을 주도하는 책임도 함께하는 것이라고 본다. 주인공이라는 말은 그래서 생긴 것이 아닐까 싶다.

맡은 장면, 맡은 연기만 하고 가는 것이 아니라 촬영 현장에서 머물면서 여러 사람들과 호흡하는 자세도 필요한 것 같다. 특히 분초를 다투는 현장에서 스태프들과 가까워질 수 있는 방법은 함께 있을 때다. 더구나 내 연배는 현장에서 제일 나이가 많기도 하거니와 어른이라고 '선생님'으로 불리니 스태프 입장에서 먼저 다가오기도 쉽지 않다. 워낙 성질이 급해서 신인 때부터 일찍 나가는 것이 습관이기도 했지만 지금도 일찍 나가서 서성인다.

현장에서 걷다 보면 스태프들은 얘기한다.

"선생님, 벌써 안 나오셔도 되는데요. 조금 있다 제가 알려드릴게요. 들어가서 쉬고 계세요."

"아니야."

"커피 드실래요?"

"아니야, 근데 머리 잘랐네?"

"어떻게 아셨어요? 히히."

자신을 알아주는 말 한마디. 현장 스태프와의 소통은 분명 작업에 좋은 기운을 불어넣어준다. 어른이라서 불편하지 않게 먼저 다가가고 현장이 껄끄럽지 않고 유연하게 흘러가도록 노력하는 것이 요즘 내게 생긴 버릇이다. 작품을 하면서 함께하는 친구들을 내 집으로 초대해서 식사하고 술도 마시며 이야기를 나누는 시간을 가지려고 하는 것도 그런 뜻이다.

이런 노력은 꼭 필요한 것 같다. 시대가 바뀌어 각 기획사의 효율적인 매니지먼트 속에서 배우도 편안하게 작업하는 환경이 되었다. 하지만 효율성만으로 풀어낼 수 없는 것이 사람과 현장에는 있는 것 같다. 요즘 나는 매니저와 코디네이터가 없으면 현장에서 불안함을 느낀다. 그들의 도움이 내 작업에 중요 부분이 되었다. 그들과 호흡이 잘 맞으면 내 일이 수월하다. 굳이 말하지 않아도 현장의 불편한 부분들을 알아서 보살펴주니 고마운 동료다. 그러나 내 일과 그들의 일은 분명 다르다. 그들이 연기를 대신해줄 수 없다. 연기는 내가 하는 것이고 상대와 함께하는 작업이다.

하지만 요즘 후배들을 보면 그들이 없으면 아무것도 안 되는 어린아이 같은 모습을 보인다. 현장이 무서워서일까? 선배들이 어렵고 피하고 싶어서일까? 일하는 터전을 사랑했으면 한다. 사랑한다는 것은 시간과 마음을 기꺼이 내는 것이다. 잘 안 되면 마인드컨

트롤을 해서라도 마음을 내야 한다.

얼마 전 후배에게 이런 말을 했다.

"네가 현장에 나오고 싶어지고 현장이 좋을 때, 연기를 잘한다는 말을 듣게 될 거야."

이심전심이면 가장 좋지만 이심전심이 되기 위해 노력하는 것. 결국 사람이 함께하는 현장을 사로잡지 못하면, 그들을 내 편으로 만들지 못하면 답은 어디에도 없는 것 같다.

한류에 대한
몇 가지 생각

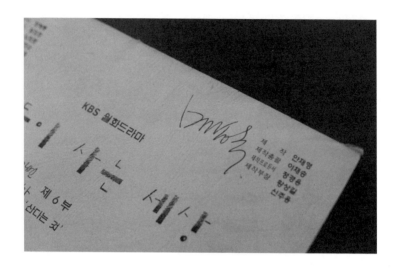

그가 무엇을 하든 그것은

각자의 재능이다.

재능에 우열이 있을 수 없다.

'한류'라는 말이 언제 우리의 피부로 다가왔을까. 가장 먼저 떠오르는 건 2002년 방송된 KBS 드라마 〈겨울연가〉가 2003년부터 일본 NHK에서 방영되면서 폭발적 신드롬이 일었던 때인 듯하다. 당시만 해도 우리나라 사람들은 별 감흥이 없었다.

일본에서 〈겨울연가〉가 인기래, 배용준이 팬이 엄청나대, 일본 아줌마들이 배용준 때문에 난리래, 그래? 그러다 말겠지, 별거 아냐, 그들 드라마가 더 좋은데 우리 드라마가 얼마나 오래가겠어? 의심했다. 잠시 으쓱하다 이내 잊고 말았다.

하지만 우리의 예상은 빗나갔다. 배용준의 팬 행렬은 끝없이 늘어났고 우리나라 관광 붐이 일었다. 곧 〈겨울연가〉 촬영 장소는 관광 명소가 되었다. 이후 많은 작품들이 일본 자본의 유입을 염두에 두고 만들어졌다. 일본과 합작한 작품들도 기획되었다. 배용준 외에도 몇몇 젊은 배우들은 일본에서 엄청난 팬을 갖고 있다는 보도를 빈번히 접하게 되었다.

중국에서 우리나라 드라마의 열풍은 또 어떠한가? 2013년 드라마 〈별에서 온 그대〉는 중국 대륙을 강타했다. 중국인들은 '치맥(치킨과 맥주)'을 먹으러 한국에 온다. 드라마 배경이 된 곳은 물론 등장하는 소품까지도 관심의 대상이 되었다. 물론 배우 전지현과 김수현의 몸값은 천정부지로 치솟았다. 중국인들은 한국의 화장품, 옷, 휴대폰, 차, 가전제품 등 한국적인 것에 열광하고 있다.

또한 K팝 열풍은 일본과 중국을 넘어 세계 시장을 석권하고 있다. 드라마 〈스파이〉2015년 KBS2 방영를 촬영할 때였다. 아들 역할에 '동방신기'의 멤버였던 영웅재중이 출연했다. 그 친구가 촬영하는 날은 팬들이 식사를 준비했는데 5성급 호텔 뷔페 수준이었다. 그 것도 한 번이 아닌 매번, 간식차와 커피차가 촬영장에 마련됨은 물론이었다. 그쪽 팀에 물었더니 일본, 중국, 대만, 홍콩, 브라질(남미 쪽 팬도 많단다) 등등에서 팬들이 준비한 것이라 했다. 그 친구의 매니저는 배우 스케줄에 팬들 식당차 관리까지 하느라 피곤해 보였다. 듣자 하니 일본에서 단독 공연을 해도 매번 4, 5만 명의 팬이 모인다고 했다.

2012년 뉴욕 매디슨스퀘어가든에서 'SM TOWN' 공연을 봤다. 매디슨스퀘어가든에서 동양계, 그것도 우리나라 공연은 처음이라고 했다. 외국인들이 우리 가수들을 보고 열광하고 노래를 따라 부르던 모습은 놀라웠다. 세계 무대에서 우리 가수들은 조금도 뒤처지지 않았다. 예쁘고 멋있었다.

후배들 정말 대단하다. 아무도 꿈꾸지 못한 일을 했다. 세계 시장에 진출해서 우리나라 문화를 알렸다. 이제 한류는 현상이 아니라 한국을 대표하는 산업이자 우리의 문화가 되었다.

일각에선 부정적인 시각도 있다. '혐한'이니 하는 일본의 한국문화 반대운동 시위 장면도 전해진다. 미국과 유럽에서의 인지도가 대단한 정도가 아니라는 비하의 말도 있다. 아무려면 그렇다고 한들 어떠할까. 우린 세계에 고유한 색을 알렸고 벌써 10년이 넘는 동안 우리 대중예술은 그 기반을 굳건히 다져가고 있는데 말이다.

1998년 난 홀연히 미국 유학의 길에 올랐다. 드라마 〈거짓말〉을 마치고 미국에서 연기를 체계적으로 배워보고 싶었다. 중앙대학교 교수님 추천으로 뉴욕 NYU 어학원에 다녔다. 내가 배우라니까 그들은 궁금해했다. 어떤 드라마와 영화가 있는지 묻는데 난 딱히 덧붙일 말이 없었다. 영어라는 장벽이 있었지만 그것과는 별개로 빈곤함을 느꼈다. 언어의 부재가 아니라 문화의 부재가 문제였으니.

아마도 지금은 다를 것이다. 영화를 전공하는 사람들이라면 홍상수나 봉준호 감독 정도는 알 것이다. 세계 유수의 영화제에서 한국영화는 꾸준히 소개되고 있고, 박찬욱 감독이나 김지운 감독 등은 미국 시스템에서 영화를 제작하고 개봉하기도 했으니 말이다.

1998년 우리나라에서는 금지되었던 일본 문화 수입이 개방되었다. 그전에는 일본 드라마나 영화를 한국에서 상영할 수 없었다. 우리의 대중예술 보호 차원에서 정부가 취한 최소한의 장치였다. 마치 일본의 문화가 수입되면 우리의 대중예술이 다 죽을 것처럼.

고백하자면 드라마를 하던 나도 그런 생각을 했다. 일본 작품이 갖고 있는 정교함과 섬세함, 철학적 사색, 거기다 월등한 기술력이 우리와 비교할 수 없는 수준이라 여겼다. 1990년대 우리나라 예능 프로그램이나 드라마들은 대개 일본의 것을 표절했다는 의혹에서 빠져나갈 수 없으리라. 그들의 것이 더 좋아 보였다. 그런데 그런 우려와 달리 막상 일본 문화가 개방되어도 우리 것은 사라지지 않았다. 오히려 더 빛을 발했다. 물론 그들이 가진 장점이 있었지만 우리에겐 우리의 감정이 더 익숙하고 편했다. 심지어 그들 작품을 우리 식으로 재해석한 작품이 우리에겐 더 재밌다고 생각한다. 할리우드 대작들과 맞붙어도 우리 영화는 지지 않는다. 천만 관객도 이제 그닥 큰 사건이 아니다. 그건 마치 외국의 맛있는 음식을 먹어도 개운한 김치를 찾는 맘이 아닐까. 2013년 방영한 드라마 〈그 겨울, 바람이 분다〉원작은 2002년 방영한 〈사랑 따윈 필요 없어, 여름〉는 일본 원작보다 훨씬 좋은 반응을 얻었다.

혹자는 말한다. 한류는 서구 문화를 유입해 아시아인의 기호에 맞춰 혼합한 문화에 불과하다고. 하지만 그를 통해 우리만의 독특한 대중예술을 만들었다. 일본도 중국도 다른 동양의 어떤 나라도 우리나라의 드라마나 영화가 갖는 색깔을 만들지 못했다. 예술은 모방으로부터 시작한다. 처음에 누군가를 모방하지 않았던 예술가가 있을까? 빈센트 반 고흐도 초기엔 일본의 우키요에에 강하게 매료되었다. 실제로 그 그림들을 모사하기도 했고 아를 시절 〈폴 고갱에게 바치는 자화상〉은 고흐의 그림이라고 보이지 않을 정도로 일본색이 짙다. 우리만이 스스로를 폄하하는 듯이 보인다.

한번은 드라마 협찬 때문에 한 기업의 CEO와 저녁을 함께했다. 드라마에 자사 브랜드를 노출하고 경제적 지원을 하겠다는 이야기였다. 그때 어떤 말끝에 "한류라는 게 결국은 배우들 얼굴 팔아서 돈 버는 거 아닌가요? 일본 아줌마들이 배우 얼굴 보겠다고 한국에 와서 줄을 서니 참······. 일종의 딴따라 수출이죠"라고 했다.

처음엔 내 귀를 의심했다. 그렇게 본다면 딴따라 사업에 그들의 물건을 팔고 있는 거구나, 은연중에 드러난 기업의 이 민낯과도 같은 인식이 놀라웠다. 한류가 아무리 세상을 흔든다 한들 우리나라는 한류를 더 발전시킬 수 없을지도 모른다는 절망감마저 들었다. 문화의 위력을 실감하지 못하는 것 같다. 조선 시대에 예인들을 천시하던 사상이 아직까지 뿌리 깊게 자리하고 있기 때문일까. 세계는 21세기를 달리는데 우리만 구시대적 사고방식에 멈춰 있다.

한류를 있는 그대로 받아들이지 못하는 이유는 바로 우리 내부의 인식에 있다. 우리는 성과를 인정하지 않고 재능을 있는 그대로 받아들이지 못한다. 그가 무엇을 하든 그것은 각자의 재능이다. 재능에 우열이 있을 수 없다. 기업을 경영하면 대단하고 연기나 노래를 잘하면 단지 딴따라다. 한류가 없었다면 세계 시장에서 한국을 이만큼 친숙하게 그리고 신속히 알릴 수 있었을까? 재능이 있기 때문에 배우가 되고 노래를 잘하기 때문에 가수가 된다. 경

제 전문가들은 20세기 대한민국이 자동차, 조선, 철강, IT 등 제조
업에 기반을 둔 산업사회였다면 21세기는 소프트웨어, 유통, 레저,
미디어가 기반을 이루는 정보사회라고 말한다.

한 보고서에 의하면 일본과 중국은 문화 산업의 가능성에 새롭
게 주목하는 듯하다. 일본은 내수 시장에 의지해 해외 진출에 적
극적이지 않았다. 이후 한국의 문화 콘텐츠가 일본은 물론 해외에
서 큰 호응을 얻고 산업에까지 영향을 미치는 데 주목하여 2013년
'쿨재팬(COOL JAPAN)'이라는 정책을 세웠다. 정부와 민간 기업이
합자하여 세계에 일본을 알리고 그 부가가치를 일본 경제성장으
로 이어가자는 전략이라고 할 수 있다.

중국은 2009년 '문화산업진흥규획'을 발표했다. 풍부한 문화유
산을 보유하고 있어도 대외적으로는 알려지지 않았다고 판단, 개
방정책 이후 시대 변화에 따라 문화 산업을 정비할 필요를 느꼈
던 것이다. 중국의 완다그룹은 막대한 자본을 문화콘텐츠 및 문화
관광산업에 투자하여 '세계 10대 문화기업'을 비전으로 설정한다.
그리고 2012년 미국 AMC 영화관을 인수해 미국 시장의 영화 유
통망을 확보했다. 문화 산업 후발주자라고 여겼던 중국은 대규모
의 자본과 인프라 시설 확충으로 그 영향력을 확대해가고 있다.

한류로 우리 문화의 위력을 과시했음에도 우리는 아직까지 세
계 시장에 뿌리내릴 준비가 미비해 보인다. 이러다가는 오랜 기간

축적해온 산업 노하우가 있는 미국과 일본에, 막대한 자본으로 세계로 진출하는 중국에 우리의 것을 빼앗길지도 모른다.

요즈음 드라마에는 기이한 현상이 생겼다. 세계 시장이라는 화두 아래 드라마 제작 환경이 변했다. 출연 배우 가운데 주인공은 아이돌이나 걸그룹 멤버가 캐스팅된다. 경제성을 따지자면 이해가 안 가는 것도 아니다. 중국이나 일본의 자본을 유치하자면 방법이 없다. 심지어 배우가 되려면 걸그룹이나 아이돌이 먼저 되어야 한다는 말이 있을 정도다.

그러다 보니 배우가 꿈인 친구들이 배우고 커갈 수 있는 장이 아무래도 협소해진다. 배우는 태어나기도 하지만 만들어지는 부분이 크기 때문이다. 작업하면서 실수도 하고 대중의 질타도 받아보고 그렇게 배우면서 점점 멋진 배우로 만들어진다. 그런데 그런 장이 줄어들다 보니 막상 밀도 높은 연기가 필요한데 그것을 소화할 젊은 배우가 없는 기묘한 현상이 생긴 것이다. 연기에는 감정을 표현하는 다른 정서적 작업들이 있어야 한다. 그것은 또 배우적 감성의 몫이다.

시장에선 적당히 일본이나 중국에서 원하는 배우들로 작품을 만들어서 공급하면 그만이라는 생각이 팽배한 것처럼 보인다. 적당히 만들어서 세계에서 인정받을 수 있을까? 한류라는 현상이 생긴 건 작품을 적당히 만들었기 때문이 아니다. 정성과 열정이 있었기 때문이다.

지금, 우리는 돌아보고 의심하고 다시 앞을 가늠해야 할 때다. 합작 드라마, 협업 다 좋지만 그 안에 우리가 없다면 경쟁력은 떨어질 수밖에 없다. 드라마는 우리 문화의 반영이다. 우리 것을 유지하면서 세계화를 할 수 있는 유기적인 방법들이 개발되어야 하지 않을까. 그렇지 않다면 1980년대 홍콩 영화가 10년의 전성기를 누리다 사라졌듯이, 일본 음악이 그랬듯이 한류도 한때의 흐름처럼 사라질지 모른다. 부디 나만의 기우이길.

내가 제대로 가고 있는 것일까에 대한 오랜 대답

요즘 난 '하루 한 시간의 기적'에 빠져 있다. 하루 한 시간 동안은 꼭 내가 하기로 한 것을 실천하는 일이다. 이를테면 워렌 버핏은 아침에 출근하면 한 시간은 늘 모든 신문의 기사를 읽는다고 했다. 마크 저커버그는 한 시간 동안 늘 책을 읽는다고. 오직 그 한 시간 동안 내가 하고 싶은 일을 온전히 한다. 일주일에 다섯 번 다섯 시간, 그 시간이 모여 뭔가를 일으킨다는 것이다. 그걸 굳이 기적이라고 하고 싶진 않지만 과연 내가 꿈꾸는 나를 위해 지금 난 무엇을 하고 있는가 반성에서 시작한 일종의 나만의 의식이었다. 의식을 깨우는 의식.

지난 수년간 기도 생활을 하면서 내가 느끼는 점이기도 했다. 절을 하고 싶다고 하루에 300배를 하고 하기 싫다고 0배를 하는 게 아니다. 하고 싶어도 108배만 하고 하기 싫어도 108배를 하는 것. 그러니까 그 한 시간이라는 건 하고 싶다고 어느 날 세 시간을 하고 하기 싫다고 한 시간도 안 하는 게 아닌, '꾸준한 한 시간'이다. 그것이 핵심이었다. 꾸준함이 결국은 '변화'를 이루는 힘이 된다. 변화를 갈망하는 순간, 그리고 그 변화를 위해 노력하는 순간 나도 모르는 사이 다른 미래는 가까이 다가오는 것 같다.

내가 이즈음 몰두하는 한 시간은 중국어 공부다. 그리고 고전을 읽는 일. 고전을 읽으면서 새삼 놀란 건, 그 시대성과 지금의 시대상이 다르지 않다는 것이다. 우리가 지금 그 시간을 볼 때는 마치 인간이 살지 않았던 시대처럼 캄캄하지만 그 시대 사람들도 고민을 했고 그들의 고민이란 지금 우리들의 고민과 거의 같다. 그들도 당면한 과제로 괴로워했고 인간을 알고자 숙고하고 탐구했다. 거기에는 한 나약한 인간이 있다. 그는 지금 가고 있는 이 길이 제대로 된 길인지 끊임없이 의심했다.

책 가운데에는 내가 구하고자 하는 것들이 있었고 묘하게도 그것들이 위안이 되었다. 야심에 찬 청년 쥘리앵 소렐을 주인공으로 한 스탕달의 소설 『적과 흑』은 당시 일어났던 비슷한 사건을 배경으로 쓰였다고 한다. 스탕달의 이 대표작은 인간의 출세와 몰락을 다루는데 이상과 현실의 비루함, 그 '욕망'의 처절함이 뼛속에 닿았다. 레마르크의 『개선문』은 제2차 세계대전 발발 무렵, 프랑스 파리 개선문 근처 몽마르트의 싸구려 호텔에서 살아가는 망명자들의 이야기를 그린 소설이다. 나치를 피해 파리에 숨어 사는 라비크와 아름다운 여배우 조앙 마두의 사랑을 중심으로, 하루하루 꿋꿋하게 살아가는 이들의 모습은 지금 우리의 모습과 다르지 않다. 불안한 시대를 살아가는 인간의 의연함. 분명 고등학교 때 읽었던 소설인데 나이 들어 다시 읽으니 그 의미들이 속속들이 새롭게 느껴졌다.

나를 바꾼 책은 랄프 왈도 에머슨의 『자연』이다. 미국의 위대한 사상가인 에머슨은 이상하게도 우리에게는 크게 알려지지 않은 것 같다. 에머슨은 대개 혼자보다는 『월든』으로 유명한 헨리 데이비드 소로 혹은 오바마 대통령과 나란히 놓이는 듯하다. 그는 소로의 스승이었고, 오바마 미국 대통령은 에머슨의 책이 "성경 다음으로 가장 큰 힘을 불어넣어 주었다" 말했다고 한다.

에머슨을 나는 30대 중반에 만났다. 인생의 경계에 선 때, 누구에게나 혼란스러운 시기지만, 그때 내가 그에게서 위안을 얻은 대목은 여기다.

계속해서 책을 읽거나 사색해 나가면, 이 새로운 영역은 마치 섬광 속에서처럼 그 심오한 아름다움과 평정을 홀연 드러내며 자신의 표정을 더욱 내비친다. 그것은 마치 뒤덮고 있던 구름이 사이를 두고 갈라지면서 다가오는 여행객에게 내륙으로 뻗은 산과 그 산기슭 밑으로 영원한 고요 속에 펼쳐져 있는 초원, 그리고 그 위에서 양 떼가 풀을 뜯고 목동들이 피리를 불고 춤을 추는 모습을 보여주는 것과 흡사하다. 이 사상의 영역에서 발원한 통찰력은 그 최초의 시작과 함께 더욱 이어져 나갈 것을 약속한다.

나 스스로 그것을 만들어낸 것이 아니다. 나는 다만 거기에 다다라서 거기에 이미 존재하고 있던 것을 바라보는 것이다. 내가 만들었다고? 오, 아니다. 나는 헤아릴 수 없을 만큼 오랜 세월의 사랑과 경외가 배어 있는, 그러나 햇빛 찬란한 사막의 메카처럼 생명 중의 생명으로 젊은, 이 엄숙

한 장엄함이 나에게 처음으로 열린 것에 어린애 같은 즐거움과 경외감으로 손뼉을 친다.

우리가 어떤 진리를 추구해나갈 때, 계속 책을 읽거나 사색을 하다 보면 심오한 아름다움을 보게 된다는 것, 그 심오한 아름다움은 내가 만든 게 아니라 이미 거기에 있었다는 것. 그런데 우리는 그것, 거기 원래 있었던 것을 모르고 찾으려고 하지도 않는다는 이야기였다. 하지만 그렇게 추구하다 보면 구름이 걷히고 "양 떼가 풀을 뜯고 목동들이 피리를 불고 춤을 추는 모습"을 볼 수 있다는 것. 산 정상에서 구름이 걷히면 능선과 밑의 양 떼가 놀고 바람이 불고 아름다운 전경이 홀연히 보이는 것처럼, 끝없이 추구하고 부단히 노력하다 보면 진리가 모습을 드러낸다는 것.

그 시절 난 이 이야기가 가슴이 뛸 정도로 너무나 좋았다. 당시는 30대 중반의 나이였고 내 인생 가운데 배우로서의 내 위치를 고민하던 때였다. 끝까지 배우로 남으려면 어떤 마음으로 살아야 될까 잠을 이루지 못했다. 내가 가고 싶어 하는 길로 공부하고 노력해나가다 보면 나도 어느 날 그렇게 구름이 걷히고 저 아래 풀밭에서 자유롭게 양 떼가 풀을 뜯는 아름다운 전경을 만날 수 있을 거라는 막연한 꿈을 꾸게 했던 것이다. 하고 또 하다 보면 발견할 수 있다는 그 말이 힘이 되었다. 가고 싶은 길을 계속 가자면 해서는 안 되는 일과 꼭 해야 하는 일을 판단해야 했다.

최근 다시 이 책을 읽고 보니 그때의 나와 지금의 나가 겹쳐 보였다. 제대로 가고 있는지에 대한 고민은 늘 함께한다. 내가 이런 꿈을 꾸고 있다고 한들 그 꿈을 실현할 작품이 내게 오지 않는다면 과연 나는 꿈을 실현할 수 있을까? 그렇다면 지금 현실과 타협해야 될까, 좀 기다려야 될까 하는 생각의 시간들. 하지만 지금 또다시 그 30대의 시간을 맞닥뜨리고 있는 것 같다. 여자와 엄마와 할머니의 배역들 틈에서 내가 할 수 있는 역할들은 또다시 제한적이다. 이 역할들을 모두 아우르는 것이 필요하지만 필요하다고 해서 내가 모두 가질 수 있는 것도 아니란 것을 너무나 잘 안다. 늘 불투명한 시간의 연속, 여기에서 지금 내가 무엇을 해야 되느냐, 그것은 영원한 고민이다. 또 다른 종류의 미래에 대한 초조와 불안이 있을 뿐 뭔가를 이루었다고 해도 그것을 영원히 봉인할 수는 없다는 것이 내가 요즘 다시 깨달은 것이다.

다만 나는 그게 나만의 일 같지는 않다. 모든 사람이 그런 시간들을 지나고, 그런 시간들을 이기고, 그런 시간들을 잘 보내기 위해 노력하면서 앞으로 나아갈 때 조금 다른 이야기가 펼쳐지지 않을까. '그래, 나에게 주어진 인생이 이거고 내가 꿈을 꾼들 그건 이루어지지 않을 거야. 나는 그냥 타협할래' 그것도 그의 선택이다. 그렇게 타협해서 가는 사람이 있는가 하면, '아니야 내가 꿈꾸는 세상이 올 거야. 그것을 위해서 나는 준비해야 되겠어'라고 하면 그건 또 그 사람의 선택인 것이다.

각자의 불안, 각자의 선택, 각자의 미래가 있겠지만, 그리고 그 것에 끝이 있다고 감히 단언할 순 없지만 내가 서른 중반의 갈림 길에서 에머슨에게 배운 것, 그것은 최소한 나에게 주문과도 같았 다. 동서고금의 모든 사람이 탄식했던 것, 내 인생 제대로 가고 있 는 것인가에 대한 해묵은 질문에 난 또 뻔한 이야기를 하게 된다. 하지만 이건 좀 익숙한 뻔함이다. 내가 고민했던 것, 여전히 고민 하고 있는 것, 내가 버려서 얻은 것들, 얻었기에 버린 것들의 지혜 를 다시 확인하게 되었으니까.

그게 그러니까, 끝없이 고민하다 보면, 공부하고 배우다 보면 정말 무엇이 중요한지, 내가 정말 원하는 것이 뭔지 어렴풋하게 보인다는 말이다.

이 책을 그 고민에 관한 연대기라 하면 어떨까. 고민은 앞으로도 계속되겠지만 여기까지가 최선의 나인 것 같다. 그렇게 또 나의 배 우로서의 삶은 이어질 것이다.

나의 근사한 친구에게

노희경 드라마 작가

친구야,

둘 다 입안에 가시가 돋친 사람들처럼, 서로에게 해대는 말끝마다 가시를 달아 조언을 지나 막말도 서슴지 않는 우리 관계를 이제는 정리할 때가 왔다. 나는 사는 게 이유 없이 자꾸 짠해지는 나이로 접어들었고, 친구 역시 이젠 맨몸 위에 가시를 꽂고 살기엔 젊지 않다. 그래도 슬프지 않은 것은 우리 둘 다 청춘이 너무도 번다하고 고단하여 그 시절로 역주행하고 싶은 욕망이 없음이다. 그런 면에서 친구와 나는 근사하게 잘 맞는다.

살면서 한 번쯤은 면죽스럽고 낯설어도 친구에게 긴 편지를 써서 반드시 전해야 할 몇 마디가 있었는데, 이렇게 기회가 왔다.

친구야,

당신은 참 괜찮은 인간이다. 내 인생에 당신 같은 친구를 동료를 만난 것은 행운을 넘어선 축복이고, 감동이다. 서로 잘나서 인내심이 많아서 서로의 옆에 있어준 게 아니라, 많이 모자라서 늘 너무도 예리한 칼날 같아서 얼음처럼 냉정하고 야멸차고 이기적이어서 하지만 그게 들켜도 쪽팔리지 않아서, 우린 서로 곁에 악착같이 남았다. 얼마나 감사한 일이냐. 우린 서로에게 일말의 기대심이 없으니, 실망의 두려움도 없지 않은가. 멋지고 통쾌한 관계다.

친구가 내 인생에 비수처럼 이정표를 꽂고 들어오던 때를 지금도 정확히 기억한다. 얼굴만 간신히 익혀 여전히 낯선 사람(그때는 다시 생각해도 친구라 할 수 없으므로)이 뜬금없는 자리(친구가 주연으로 내 각본의 드라마 첫 녹화를 끝낸 오후였다)에서, 주변 사람들도 있는데, 기껏 방송사의 편의점 카페에서 맛없는 커피를 마시며 무덤덤하게 던진 짧은 한마디, "노 작가는, 참 잘난 척이 심하시네요".

나는 놀라고 당황스럽고 화가 났다. 그래서 엽기적인 장난을 위장해 친구의 손을 잡아 살짝 물어버렸다. 차라리 성질이 별난 괴팍한 작가로 낙인찍히는 게 나았다. 쪽팔림을 들키느니.

지금도 그렇겠지만, 그때 나는 참으로 어렸다. 감히, 나를 쪽팔리게 하다니! 나는 친구에게 복수를 하리라. 내가 당한 쪽팔림을 돌려주리라, 다짐했던 거 같다. 그래서 친구에게 "연기 좀 똑바로 해!"하며 상처주리라 앙심을 담아 독설하고, 내가 아는 상식을 친구가 어쩌다 모르면 가차 없이 "무식하다!" 단정했다. 그러나 승기는 언제나 친구가 잡았다.

그러게, 난 연기를 못하지? 그러게, 난 참 내가 봐도 무식해.

희경 씬, 배우가 작가보다 아래라고 생각하는 거 같아. 그건 글 쓰는 사람의 자세가 아니지 않나? 평등해야 하잖아? 작가들은 설마…… 그렇게 배워? 자기 글은 대단하고 소중하고 동료가 하는 일은 함부로 취급하라고?

다른 사람들은 우리가 일하는 일터를 '그 바닥'이라고 말하며 씹어대도, 희경 씬 그러지 말아야지, '그 바닥'에 희경 씨도 있잖아.

나는 연기를 10년(그 당시)을 했지만, 여전히 아무것도 몰라. 그래서 공부를 해, 선생님을 찾아가서 배우고 내 머리를 때리며 울어. 나는 왜 이렇게 아는 게 없지? 오늘은 내가 연기를 하는 주인공의 마음을 모르겠어서, 주인공이 돼서 상대 배역에게 편지 쓰듯 일기를 썼어. 조금씩 주인공의 마음을 알아가는 거 같아.

공부를 해야겠어. 모르는 게 너무 많아서.

그리고 나서 미국행. 다시 중앙대 석사, 고려대 언론학 박사까지. 그렇게 친구는 이론과 실전의 연기 경력을 근 30년 채워나갔다.

살면서, 정말로 교만한 사람은 되고 싶지 않았는데, 끝없이 부족함을 인정하고 배우는 겸손은 친구의 덕목이지, 내 덕목은 아니었다. 이제라도 교만한 수준을 알아채서 다행이다 스스로를 위안하며, 나는 지금 멋지게 백기를 펄럭인다. 내가 작가로서 전에 쓴 글에 안주하지 않아야겠다 생각한 건 분명 친구 덕이다. 친구에게만은 쪽팔리고 싶지 않았다. 대결이 아니라, 친구의 친구로서 동료로서 경건한 예의였다.

남들은 절친이라면, 전화로 혹은 만나서 소소한 안부를 묻고, 이해를 구하고, 친분을 다진다 한다. 근데, 우리는 기껏 많아야 사적인 만남은 (1년에 두 번 봉사지에서 만나선 서로 바빠 눈인사만 간신히 하므로) 1년에 한두 번, 아니면 해를 거르기 일쑤다. 그렇게 만나도 살아온 날들에 대한 수다는커녕 서로가 좋아하는 산책이 전부일 때가 많다. 그래도 나는 친구와 관계가 끊기길 바라본 적이 없다.

일이 많아.
알았어. 뚝!(깔끔하게 전화 끊는 소리)
일하는 중이야.
알았어. 뚝!

선약이 있어.

알았어. 뚝!

나중에 봐.

알았어. 뚝!

잘 지내?

괜찮아. 뚝!

몸은?

관리하지. 뚝!

늘 내가 당면한 일에 코가 빠져 허우적대는, 이기적일 대로 이기적인 나에게 친구처럼 간결한 친구는 더없이 좋다. 그게 배려임도 안다. 근데, 이쯤 되니 친구는 내가 있어, 조금이라도 삶이 넉넉해진 적이 있는지, 지친 마음이 쉬어진 적이 있는지 궁금해지고, 미안해진다.

약속건대, 친구, 친구 곁에 차갑지만 그대를 존경하고 흠모하는 내가 있다. 이젠 길지 않아서 더욱 막막해져버린 인생이란 길 위에 바로 곁에 있어줄 순 없겠지만 친구 뒤에 혹은 앞에 친구의 다급한 목소릴 들을 수 있는 그 거리에 내가 있다.

그러니 절대 혼자 걸어간다 생각 마라.

마냥 쓸쓸하다 하지 마라.

올해가 가기 전, 친구와 긴 산책을 꿈꾸며.

TV 드라마

2015년	〈풍선껌〉
2015년	〈스파이〉
2014년	〈12년만의 재회: 달래 된, 장국〉
2013년	〈원더풀 마마〉
2013년	〈그 겨울, 바람이 분다〉
2011년	〈애정만만세〉
2010년	〈호박꽃 순정〉
2010년	〈김수로〉
2008년	〈그들이 사는 세상〉
2008년	〈천하일색 박정금〉
2007년	〈우리를 행복하게 하는 몇 가지 질문〉
2007년	〈내 남자의 여자〉
2006년	〈굿바이 솔로〉
2005년	〈HD TV문학관—내가 살았던 집〉
2005년	〈떨리는 가슴〉
2004년	〈꽃보다 아름다워〉

2003년	〈그대 아직도 꿈꾸고 있는가〉
2002년	〈위기의 남자〉
2001년	〈우리가 남인가요〉
2000년~2002년	〈웬만해선 그들을 막을 수 없다〉
2000년	〈바보 같은 사랑〉
2000년	〈빗물처럼〉
2000년	〈왕룽의 대지〉
2000년	〈세상의 아침〉
1998년	〈적과의 동거〉
1998년	〈서울 탱고〉
1998년	〈거짓말〉
1997년	〈사랑하니까〉
1997년	〈이웃집 여자〉
1997년	〈재동이〉
1997년	〈욕망의 바다〉
1996년	〈원지동 블루스〉
1996년	〈이혼하지 않는 이유〉
1995년	〈목욕탕집 남자들〉

필모그래피

1995년	〈전쟁과 사랑〉
1995년	〈MBC 베스트극장—섹스 모자이크에 관한 보고서〉
1995년	〈행복〉
1995년	〈호텔〉
1995년	〈MBC 베스트극장—사랑한다면〉
1993년	〈뜨거운 강〉
1992년	〈여자의 방〉
1991년	〈도시인〉
1991년	〈행복어 사전〉
1991년	〈저린 손 끝〉
1991년	〈하늬바람〉
1991년	〈고개숙인 남자〉
1990년	〈우리들의 천국〉
1990년	〈꽃 피고 새 울면〉
1990년	〈5학년 3반 청개구리들〉
1989년	〈지리산〉
1989년	〈일출〉
1989년	〈왕릉일가〉

1988년	〈순심이〉
1987년	〈푸른 해바라기〉
1986년	〈노다지〉
1986년	〈원효대사〉
1985년	〈해돋는 언덕〉

영화

2017년	〈환절기〉(개봉 예정)
2011년	〈세상에서 가장 아름다운 이별〉
2009년	〈오감도〉
2007년	〈허브〉
2006년	〈아주 특별한 손님〉
2005년	〈러브 토크〉
2005년	〈안녕, 형아〉
2002년	〈질투는 나의 힘〉
2001년	〈마리이야기〉

필모그래피

1997년	〈깊은 슬픔〉
1992년	〈걸어서 하늘까지〉
1990년	〈젊은 날의 초상〉
1990년	〈나는 날마다 일어선다〉
1988년	〈칠수와 만수〉
1984년	〈위안〉

연극

2012년~2014년	〈그와 그녀의 목요일〉
2010년	〈욕망이라는 이름의 전차〉

수상

2014년	SBS 연예대상 예능 부문 여자 신인상
2011년	MBC 드라마대상 미니시리즈 부문 여자 황금연기상

2008년	KBS 연기대상 여자 조연상
2008년	MBC 연기대상 여자 최우수상
2007년	제8회 대한민국영상대전 포토제닉상
2007년	SBS 연기대상 프로듀서상
2005년	제30회 골든체스트상 여우주연상
2003년	MBC 연기대상 연기자 부문 특별상
2000년	KBS 연기대상 여자 우수상
1993년	제29회 백상예술대상 영화 부문 여자 최우수연기상
1991년	MBC 연기대상 여자 우수상
1991년	제29회 대종상 여우조연상
1987년	KBS 연기대상 인기상